勾勒 世间美好
感动 常伴我行

——"中国网事·感动2020"年度网络人物评选

新华网　新华社"中国网事"　编著

时代出版传媒股份有限公司
安徽文艺出版社

图书在版编目（CIP）数据

勾勒世间美好　感动常伴我行：中国网事·感动
2020 年度网络人物评选/新华网，新华社"中国网事"
编著.--合肥：安徽文艺出版社，2021.5（2022.7 重印）
　ISBN 978-7-5396-7131-4

　Ⅰ．①勾… Ⅱ．①新… ②新… Ⅲ．①新闻报道—作
品集—中国—当代 Ⅳ．①I253

中国版本图书馆 CIP 数据核字(2021)第 000157 号

出 版 人：姚　巍
责任编辑：王婧婧　　　　　　　装帧设计：张诚鑫

· ·

出版发行：安徽文艺出版社　www.awpub.com
地　　址：合肥市翡翠路 1118 号　邮政编码：230071
营 销 部：(0551)63533889
印　　制：山东百润本色印刷有限公司　(0635)3962683

· ·

开本：710×1010　1/16　印张：10.5　字数：220 千字
版次：2021 年 5 月第 1 版
印次：2022 年 7 月第 2 次印刷
定价：48.00 元

· ·

新华社"中国网事"多媒体新闻栏目

新华社"中国网事"栏目是中央新闻媒体中唯一以互联网为报道对象的多媒体新闻栏目,聚焦网事,走近网民,讲述网语,影响网络。

⊕ 融合文字、图片、电视、微博等形式,推出"感动""核实""调查""盘点"四大系列报道。

⊕ 创办国内首个以网络草根为对象的评选活动——"中国网事"感动系列网络人物评选,为草根英雄搭建璀璨舞台。

⊕ 创办国内首个融媒体客户端——"中国网事"客户端。

⊕ 创办国内首个新闻动漫网评——"中国网事·E哥有话说"。

新华网股份有限公司
XINHUANET CO.,LTD

新华网是国家通讯社新华社主办的综合新闻信息服务门户网站，是中国最具影响力的网络媒体和具有全球影响力的中文网站。作为新华社全媒体新闻信息产品的主要传播平台，拥有31个地方频道以及英、法、西、俄、阿、日、韩、德、葡、藏、维、蒙等多种语言频道，日均多语种、多终端发稿达1.5万条，重大新闻首发率和转载率遥遥领先国内其他网络媒体。新华网是全球网民了解中国的最重要窗口之一，致力于为全球网民提供最权威最及时的新闻信息服务，用户遍及200多个国家和地区，PC端日均页面浏览量超过1.2亿，移动端日均覆盖人群超过3亿。

据最近Alexa排名显示，新华网在全球7亿多个网站中综合排名第70位，大幅领先美联社、路透社、法新社等通讯社主办的网站，国内综合排名第11位，稳居新闻门户网站首位。在中央网信办主管的《网络传播》杂志发布的中央重点新闻网站传播力榜单中，连续9个月稳居PC端传播力排名首位，远超同类网站。

新华网的网络平台价值和品牌影响力得到各界广泛认可，温家宝同志连续三年接受中国政府网和新华网的联合专访，俄罗斯总理梅德韦杰夫、以色列总理内塔尼亚胡、哈萨克斯坦总统纳扎尔巴耶夫等有影响力的国家政要也通过新华网首次与全球网民在线交流。

新华网拥有众多中国新闻奖和中国互联网站获奖作品和品牌栏目，在2015年和2016年的中国新闻奖评选中，新华网参评的《国际传播：习近平的大外交》《网页设计：简政放权——持续改革再发力》《政府敢啃"硬骨头"，市场才能有"肉"吃》和《新闻名专栏：数据新闻》获一等奖，获奖层级和数量均居中国网络媒体首位。此外，新华网还是"中国优秀文化网站""中国网站最具影响力品牌""中国新媒体年度十大品牌""中国新媒体创新年度品牌"等业内重要奖项的获得者。新华网承建了中国政府网、中国文明网、中国网信网等20多家政务网站，运营着中国最大规模的政务网站集群及用户规模超过1500万人的微信公众号。新华网紧密追踪大数据、物联网、人工智能等前沿技术，推出数据新闻、无人机新闻、动新闻等新闻报道形态，并与国际机构合作探索机器人新闻、传感器新闻等创新应用，引领传播形态变革。

近年来，新华网市场拓展能力和综合竞争力不断提高，围绕网站业务、社交网络业务、互联网广告业务、移动互联网业务、大数据舆情服务业务、新媒体技术与研发服务、在线教育和科普中国业务、物联网业务、参股型业务、储备型业务等十大业务板块展开布局，全媒体产品链加速形成。新华网还是全国第一家也是唯一一家获得高新技术企业、ISO9001质量管理体系认证、AAA级信用企业等三项高级别资质的网络媒体。在中国互联网协会、工信部信息中心联合发布的2019年"中国互联网企业100强"中，新华网排名第27位，持续居于新闻网站前列。作为互联网新闻传播的国家队、主力军，新华网将不断创新传播理念和发展模式，传播中国声音，讲好中国故事，加快建设成为具有广泛国际影响的一流新闻网站和有强大实力的互联网文化企业。

2016年10月28日，新华网股份有限公司在上海证券交易所成功挂牌上市。证券简称为"新华网"，证券代码为"603888"。

目　录

"中国网事·感动 2020" 获奖者

费女子高中。她不仅是"超人"校长,还是 136 个孤儿的"妈妈"……虽然一身病痛,已经年过六旬的张桂梅却仍然坚定前行,像蜡烛一样,燃烧自己,照亮孩子们的梦想。

开"火龙"狂奔突围的硬汉孙刚—036

大货车意外起火,不远处还有加油站。危急时刻,司机孙刚跃上"火车"一路狂奔,将车开到无人处,他才跳车逃生。孙刚说:"我不是英雄,但男子汉肩膀上得扛得住事。"

"带着家人去扶贫"毛鑫—042

毛鑫连续 5 年在贫困村担任驻村第一书记,为了不影响扶贫工作,她干脆把母亲和儿女带到贫困村一起生活……在滇桂黔石漠化片区广西马山县大石山区中,毛鑫担当起脱贫攻坚一线扶贫干部的使命。

进藏追逐"高原梦"的"90 后"大学生张海鑫—047

2017 年夏天,张海鑫大学毕业后,放弃了在北京的就业机会,投身西藏脱贫攻坚战场。他教贫困群众做微商,开网店。此外,他还为吞巴镇吞普村妇女缝纫专业合作社生产的藏式服装设计、注册商标,提升产品的品牌价值。

"武汉战疫全能志愿者"华雨辰—051

疫情发生以来,华雨辰坚守抗疫一线,是接送医护的司机、交通要道的测温员、方舱医院和康复驿站的播音员、转运物资的搬运工,她用行动诠释了当代青年的责任和担当。

"抗疫硬汉"李俊岭—056

1 月 27 日,李俊岭带领岭俊救援队奔赴湖北,连续一个多月时间,他们转战湖北多个城市进行防疫消杀、物资分发、技术培训等工作,雷神山医院工地、居民小区、方舱医院等都留下了他们战斗的足迹。

"中国网事·感动 2020"提名者

"青春绽放飞地的萌娃村干部"肖蕊奉—065

"中国网事·感动2020"

获奖者

万佐成、熊庚香夫妇

"抗癌厨房"创办者万佐成、熊庚香夫妇

在与江西省肿瘤医院一墙之隔的小巷里,有一间露天厨房。每天中午,厨房里总会挤满炒菜的人,切菜声、炒菜声、锅碗瓢盆的碰撞声与升腾的油烟营造出独特的气氛。大家称这个厨房为"抗癌厨房",在这里做饭的都是肿瘤医院的病人和病人家属。

创办"抗癌厨房"的是年过六旬的万佐成、熊庚香夫妇。2003 年,一对夫妇带着患病的孩子来到摊前,小心翼翼地问熊庚香,卖完早餐后能不能把炉灶借给他们用,他们的孩子想吃妈妈做的饭。"十来岁的小孩,看着真让人心疼。"熊庚香二话没说就答应了。没过多久,肿瘤医院附近有个地方可以炒菜的事情传开了。一开始,每天有十几个人借炉子炒菜,后来增加到上百人。万佐成、熊庚香夫妇为了维持基本的水、煤开支,炒一个菜收 5 角钱,直到 2016 年才涨到 1 元钱。

炊烟十七载尝人间百味

——一元"抗癌厨房"的坚守

新华社记者 吴锺昊 李嘉盈 胡晨欢

在与江西省肿瘤医院一墙之隔的小巷里,有一间露天厨房。每天中午,厨房里总会挤满炒菜的人,切菜声、炒菜声、锅碗瓢盆的碰撞声与升腾的油烟营造出独特的气氛。大家称这个厨房为"抗癌厨房",在这里做饭的都是肿瘤医院的病人和病人家属。

他们来自江西全省各地,有的是从区、县转到省城以接受更好的治疗的,有的是在北京、上海治疗后回到江西的。他们互不相识,却在这里共度最为艰难的阶段。

创办"抗癌厨房"的是年过六旬的万佐成、熊庚香夫妇。2003 年,夫妇俩在这里摆摊炸油条。有一天,一对夫妇带着患病的孩子来到摊前,小心翼翼地问熊庚香,卖完早餐后能不能把炉灶借给他们用,他们的孩子想吃妈妈做的饭。

抗癌厨房

"十来岁的小孩,看着真让人心疼。"熊庚香二话没说就答应了。

没过多久,肿瘤医院附近有个地方可以炒菜的事情传开了。一开始,每天有十几个人借炉子炒菜,后来增加到上百人。常去做饭的病人家属过意不去,提出要付钱,夫妇俩为了让他们安心,同时也为了维持基本的水、煤开支,炒一个菜收5角钱,直到2016年才涨到1元钱。

17年来,他们提供炊具和调味品,每年有1万多人到这里做饭。走进小巷,30多个煤炉排在两边,20多口洗干净的炒菜锅码在一边。为了维持这个厨房运转,夫妇俩每天都要用掉100多块蜂窝煤、20多元水费。

每天早上4点,万佐成准时起床,用木柴给煤炉生火。厨房准备就绪时已近上午9点。短暂休息后,便有病人家属陆续提着菜来做饭。

26岁的邵慧慧在"抗癌厨房"附近租了一间房子,每天早早来到厨房。

"医院里面有食堂,但比自己做饭贵,爸爸也不喜欢吃。"为了让患肺癌的父亲吃好

熊庚香(右二)和前来烧饭的百姓在厨房内包饺子

万佐成为病人家属烧好了热水

饭,慧慧和妈妈每天变着花样做菜。

为了照顾父亲,慧慧辞掉广州工厂的工作回到江西。"父亲是我们家的顶梁柱,现在就像天塌了一样。我们姐妹商量,无论多难,都要给父亲治病。"

在过去的 20 多年里,邹大哥每天都吃着妻子做的饭菜。直到 2 年前,妻子被查出宫颈癌,反复治疗和病情恶化让一切都发生了改变。

从妻子到南昌治病开始,邹大哥就与"抗癌厨房"结了缘。起初,他并不会做菜,但在万佐成夫妇和病友的帮助下,经历 2 年磨炼,他已经成为这个露天厨房里的"厨神",还经常指点新加入的病友如何使用厨房里的炉灶。

"因为癌细胞转移,我老婆现在完全离不开我。"邹大哥说,为节省时间,他每天上午在厨房把全天的饭都做好。"我希望她每天都能吃得好,吃得好心情就会好一些,心情好病情才会好转。"

番茄炒蛋、炒青菜、红烧鱼、猪蹄汤……"抗癌厨房"里的每一道菜,看似平常又不平常,虽不是山珍海味,却浓缩了父母之爱、子女之孝、夫妻之情,更寄托着这些经历人生无常的家庭回归平常生活的希望。

"有的病治不好,但让病人吃好,家属的遗憾就少一些。"万佐成说。

夫妇俩难以记住每一位来做饭的病人家属的姓名,但病人家属不会忘记他们。很多病人家属离开时把电话号码留在墙上,邀请夫妇俩日后到他们家做客。被油烟熏得发黄的一面墙上,写满了密密麻麻的电话号码。

2018年2月,万佐成、熊庚香夫妇荣登"中国好人榜"。

2019年下半年,他们关掉了经营十几年的油条摊,但没有关掉"抗癌厨房",也没有回到子女身边照顾孙子、孙女。"相比这些癌症家庭,我们和孩子们是幸运的,能够帮助大家,我们也感到充实。"万佐成、熊庚香说。

当地政府已经拨款装修了厨房并补贴房租。"我们希望,这个厨房能一直办下去。"慧慧说:"这个厨房虽然简陋,但只要有这么一个地方,就感觉还有一个家。"

17年来,万佐成、熊庚香夫妇见证了数以万计的癌症家庭经历生离死别,但他们始终鼓励每个人勇敢地和病魔斗争。"就算遇到再大的困难也要吃饱饭!"熊庚香说,"吃饱饭,才能好好活下去。"

微语录

"相比这些癌症家庭,我们和孩子们是幸运的,能够帮助大家,我们也感到充实。"——"抗癌厨房"创办者万佐成、熊庚香夫妇

微评论

微信网友"我不是药神":无微不至,点点滴滴,17年的坚守,夫妇二人的精神值得我们敬佩。

微信网友"二里半":面对病魔,幸好有这样一群人的陪伴。

刘寿长

"关键技术突破者"刘寿长

　　刘寿长教授是"苯选择加氢制环己烯催化剂及其制造方法"的发明人。数十亿元的一次性技术转让费用、每年高额的加氢催化剂进口费用,严重地制约了我国尼龙产业的发展。刘寿长教授带领的科研团队,历时 10 余年实现了技术突破,于 2010 年实现了苯选择加氢制环己烯整体技术的工业化,达到了国外同等技术水平,打破了国外垄断,使我国成为全球第二个实现该项技术工业化并拥有完全自主知识产权的国家,解决了困扰我国纺织行业多年的问题。

创新引领化工、纺织行业高质量发展

新华网记者　张郁桐（实习）整理

刘寿长教授是"苯选择加氢制环己烯催化剂及其制造方法"的发明人,这项技术打破了国外技术垄断,使我国从一个尼龙 6 长期依赖进口的国家,发展成以自主知识产权生产满足国内消费需求的国家。

尼龙 6 可应用于纺丝、制造薄膜、注塑、工程塑料制造等领域,在纺织、电器、交通、军工、农业等产业中应用广泛,是尼龙材料中应用量较大、应用范围较广的产品之一,我国尼龙 6 行业于 20 世纪 50 年代开始发展,受制于原材料供给不足、生产技术落后等因素,发展缓慢,市场需求长期依赖进口。

经过全世界科研人员半个多世纪的研究,1989 年,日本首先实现了苯选择加氢制

刘寿长(左二)在工作中

刘寿长(右二)在郑州大学化学学院物化实验室对学生进行科研指导

刘寿长和他的科研成果

环己稀整体技术的工业化，并于1995年和2005年两次将生产技术转让给我国，但垄断了催化剂制备技术。数十亿元的一次性技术转让费用、每年高额的加氢催化剂进口费用，严重地制约了我国尼龙产业的发展。刘寿长教授带领的科研团队，历时10余年实现了技术突破，于2010年实现了苯选择加氢制环己烯整体技术的工业化，达到了国外同等技术水平，打破了国外垄断，将关系国计民生的关键核心技术牢牢掌握在中国人自己的手中，使我国成为全球第二个实现该项技术工业化并拥有完全自主知识产权的国家。

"十四五"时期将是化工、纺织行业高质量发展的关键时期。苯选择加氢制环己烯工艺生产流程短、节能高效、环境友好、原子经济性好，是一项绿色技术。该技术对我国化工、纺织领域从源头上实现绿色、低碳、可持续发展具有重要现实意义。此外，该技术是一个重要的平台技术，它不仅被广泛应用于大宗化学品生产，而且可以拓展到医药、农药中间体和其他高附加值精细化学品的生产应用领域，因此该技术的成功研发对推动行业技术进步具有积极作用。

刘寿长教授退休后继续工作，与企业合作，历时10余年完成新一代催化剂的研究,并完成了实验室小试、中试及工业化应用。新一代催化剂较海外技术生产效率提升了 25% 以上。但刘寿长教授并不满足于现状,他坚持开展催化剂研究,把个人理想自觉融入国家发展伟业,在科学前沿孜孜求索,在重大科技领域不断取得突破。

微语录

"苯选择加氢制环己烯催化技术的推广应用,打破了国外垄断,使关系国计民生的关键核心技术牢牢掌握在中国人自己的手中。"——郑州大学教授刘寿长

微评论

微信网友"Z4Z4":好高精尖的领域,我也希望有一天能这样为国家贡献自己的力量。

微信网友"长岛冰茶★":为我们学校的教授点赞!

邱海波

张定宇

蔡志芳

肖思孟

抗疫英雄之医护群体

在 2020 年这不平静，也不平凡的一年中，面对突如其来的疫情，有这样一群人，他们迎难而上。他们有的推迟婚期，有的勇闯隔离区，有的上阵父子兵，有的母女相携请缨……他们用毕生之所学，救万民于水火。疫情就是命令，时间就是生命，一架架飞向湖北的飞机，一列列驶进武汉的列车，坐满了来自全国各地的最美逆行天使。若有战，召必回，战必胜。"不计报酬，不论生死"，这便是他们的座右铭。

抗疫英雄之医护群体

潘咏澄　文字整理

有这样一群救死扶伤、坚守奉献的医护人员，他们将白衣做战袍，化知识为力量，奋战在防疫、抗疫的最前线。医者仁心，大爱无疆，为了亿万人民的健康与生命安全，他们与时间赛跑，与死神抗争，治愈了一个又一个患者，挽救了一个又一个生命。是他们让我们懂得了哪有什么岁月静好，只因为有人在为你赴汤蹈火、负重前行罢了。

"风暴眼里的逆行者"张定宇

张定宇从一名普通医生起步，先后担任武汉市第四医院副院长、武汉血液中心主任。从医33年，他曾随中国医疗队出征，援助阿尔及利亚；2011年除夕，他作为湖北第

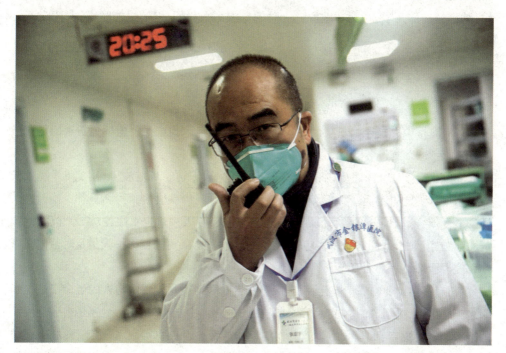

张定宇在工作中

一位"无国界医生",出现在巴基斯坦西北的蒂默加拉医院……他和同事们的身影,也曾出现在重大灾害的现场,2008年5月14日,四川汶川地震第三天,他带领湖北省第三医疗队出现在重灾区什邡市……

"像张定宇这样的党员干部,始终冲在最前线,让大家都感觉特别有主心骨。"金银潭医院南三病区主任张丽说。

"去年12月29日到现在,他没休息过一天,只有两个晚上离开医院稍微早些。"金银潭医院党委书记王先广说。给他留下深刻印象的还有这位搭档蹒跚的身影。

越来越多的同事发现,一向行走如风的院长下楼梯时脚步越来越慢。面对越来越多人的追问,张定宇终于承认:"我得了渐冻症,2年前就犯病了,下楼吃力,更怕摔倒。"

渐冻症是一种罕见病症,会慢慢发展为全身肌肉萎缩和吞咽困难,直至呼吸衰竭。张定宇说:"我特别怕下楼,必须扶着。平时,我下楼都会抓住我爱人的手。""多少次问他,他都说膝关节动过手术。"感染科主任文丹宁说。直至这次,她和其他同事才回过神来,"为什么他脚步高低不平,上下楼一定要抓紧扶手,慢慢挪?"

北七病区护士长贾春敏却不承认这一点。"他明明走得好快!"1月21日晚腾退完病房后,正等待转入新病人,贾春敏就接到张定宇的电话:"5分钟到北7楼,看看新病区还差些什么。"放下电话,贾春敏一路小跑。"他从办公室到北7楼比我远,等我到的时候,他已经在那儿了。"贾春敏说,"平时他老跟不上我们,但他拼的时候,我们跟不上他。"

"有他在,医护人员、病人、家属心里都有底。"文丹宁说。

"奋战在前线的前线"邱海波

邱海波是中央指导组专家组成员、国家卫健委专家组成员,但他更看重的是自己"临床医生"这个身份。

"医生,就该是临床医生,临近、靠近、扎根在病人床边。"邱海波说。常规肺炎病人低氧状态下有明显的症状,例如嘴唇甚至全身发紫、呼吸频率快、胸闷。新冠肺炎确诊病人因心肌受损,低氧状态下嘴唇没那么紫,心率不快,呼吸频率也不快,被称为"沉默性低氧血症"。也因此,很多病人从轻症转重症几乎没有征兆,更需要医护人员及时监控血氧饱和度,及时做氧疗、插管等。

"只有突然发现的病情变化,没有突然发生的病情变化。重症病人的生命都是在病床边上盯出来、抢回来的。"这是邱海波从医30多年来的一个心得。他还记得自己治疗的第一个重症患者,那是一位年逾七旬的脑梗患者,入院后7天心脏骤停,皮肤皱褶捏起来能"站"住。邱海波守在病人床边,每5分钟看一次血压和心率,根据病人的情况随时调整治疗方案,几天后病人好转。这让他体会到,每一小时甚至每一分钟都要清楚病人的状态,才能当好"生命的守门员"。

90多天来,他每天辗转于武汉市金银潭医院、武汉市肺科医院、武汉大学中南医院等重症患者集中收治医院,一直战斗在"红区"。初期有些医护人员对床边抢救等具有高感染风险的操作心存顾虑,邱海波就自己上,用行动给大家鼓劲:"不要怕,插管确实有风险,但只要我们做好防护,是不会被感染的。"巡诊中,邱海波发现俯卧位通气几乎对所有重症病人都有很好的效果,虽然穿着厚重的防护服,但他常常坚持自己动

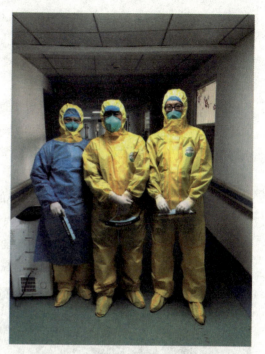

邱海波(中)在武汉金银潭医院巡诊

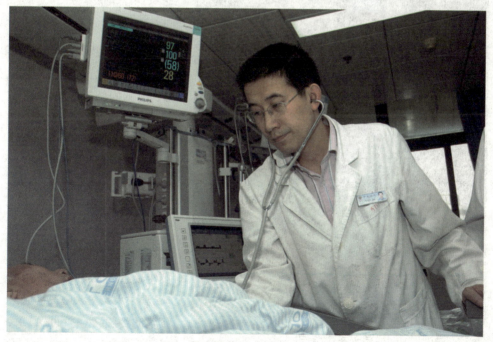

邱海波在为病人诊治

手,下午查房时把病人翻过来,第二天早上查房时再把病人仰过来。在他的推动下,这一治疗方法被写入诊疗方案。

"新冠病毒具有非常诡异、隐匿的特点,对重症救治来说,这是一次极大的挑战。在最具挑战的现场,给病人最多的生命机会,这就是 ICU 医生的使命。"邱海波说。

除了不断完善诊疗方案,邱海波还与"国家队"的其他专家们一起提出不少有价值的建议。例如,他们建议在 3 家定点医院的基础上增设综合医院,收治重症患者。武汉市很快确定了 10 余家收治重症、危重症患者的定点医院,床位达到 9000 张。

"用坚守诠释医者仁心的白衣战士"蔡志芳

53 岁的蔡志芳是武汉市汉口医院呼吸内科主任,从 2020 年初开始,她在抗疫一线连续奋战了 1 个多月。最多的时候,她每天要面对近百名确诊患者。

汉口医院是武汉市最先接收新冠肺炎感染者的 3 家定点医院之一。1 月 2 日,正在外地休年假的蔡志芳,突然接到医院的紧急通知:医院要成立隔离病区,专门收治"不明原因肺炎"病人。蔡志芳二话没说就赶回了武汉。

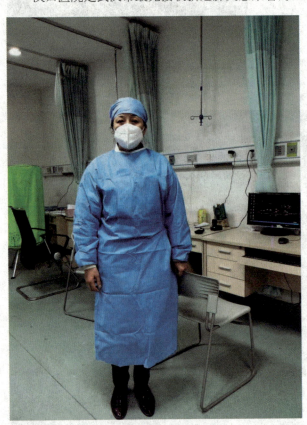

蔡志芳在工作中

"当时我们一下子接诊了 10 多例肺炎患者,跟普通的细菌感染相比,这些患者胸部 CT 检测的肺部病灶影像明显不太一样。"从事呼吸内科工作 30 多年的她第一次遇到这种情况。她咨询了其他几家医院的接诊情况后,很快制定了临时隔离病区的方案:将一个本来准备装修的病区,拆掉脚手架,按照"三区四通道"的要求紧急改造成隔离病区。同时,要求大家进入隔离病区必须穿防护服,佩戴 N95 口罩,做好个人防护。

后来,医院所有病区都开始接诊发热病人。"我和同事们每天工作10个小时以上,有时为抢治重症患者,要一直工作到凌晨两三点。"蔡志芳说。高峰时候,医院收治的确诊和疑似病患有四五百人,每天前来就诊的发热病人在医院过道和门口排成长龙。

面对这么多病人,更重要的是如何保护好自己,克服恐惧心理。"我还真不怎么害怕,做了这么多年呼吸科医生,知道怎么做好防护。"蔡志芳不仅鼓励身边的同事,也积极鼓励病床上的患者。

每天早上8点不到,蔡志芳就穿着防护服到自己负责的病区,为患者测量体温,测血氧饱和度,查看、问询症状,再根据查房情况,制订用药、救治方案。一些危重病人,还需特别观察。

蔡志芳的脸被口罩勒出了深深的痕迹

"战斗的青春,最美"肖思孟

2020年1月26日,河北省中医院呼吸二科护士肖思孟没有时间回秦皇岛老家与父母告别,下了夜班就直接随同河北省第一批援鄂医疗队赶赴武汉。作为一名"90后",肖思孟与其他女孩一样爱美。但是为了更好地开展工作,她在抗疫前线毅然剪去了长发,以必胜的决心投入抗击新冠肺炎疫情工作中。

肖思孟抵达武汉后,认真参加了防护培训,第二天就投入武汉市第七医院临床一线救治工作中。一个月来,肖思孟始终奋战在疫情最前线,特别是在特殊病区中,有的病人年龄大、病情较重,不能自理,肖思孟常常一连几个小时不停地为患者输液、换药、吸痰、喂饭、翻身、拍背、端屎端尿,等等。很多患者因为家人不在身边,心情不好,肖思孟总是以微笑和倾听来为病人树立坚定的信心,给患者打气。经过肖思孟的精心调护,病人的心情和病情慢慢好转起来,从开始在武汉上班到现在,她照顾的患者有30人左右出院。肖思孟用自己的行动诠释了何为"医者仁心",彰显了一名普通医务人员的责任与担当。

　　除了张定宇、邱海波、蔡志芳、肖思孟之外，还有很多位和他们一样奋战在抗疫一线的白衣战士，他们用自己微小而平凡的力量，汇聚成巨大的能量，让我们看到了战胜疫情的希望，给了我们巨大的信心。打赢新型冠状病毒肺炎这场战役，离不开医护人员们的努力与坚守，他们冒着生命危险奋斗在抗击疫情的第一线，用生命来挽救患者，是他们的义无反顾、最美逆行，为我们撑起一片纯净的天空。

微语录

　　"无论哪个身份，在这非常时期、危急时刻，都没理由退半步，必须坚决顶上去！"——武汉市金银潭医院院长张定宇

　　"新冠病毒具有非常诡异、隐匿的特点，对重症救治来说，这是一次极大的挑战。在最具挑战的现场，给病人最多的生命机会，这就是 ICU 医生的使命。"——重症医学博士邱海波

　　"和武汉一起加油！在最好的年纪，活出最美的样子，我们不负韶华。"——河北护士肖思孟

微评论

　　微信网友"小兔子不吃窝边胡萝卜"：将生死置之度外，从死神手里抢时间，人间大爱莫过于此。

　　微信网友"爱在公元前"：致敬张医生和全国抗疫一线的医护人员们。

　　微信网友"爱唱歌的 ELF"：我们应该向平凡又伟大的、奋战在一线的所有医护人员，表达崇高的敬意和由衷的感谢。

　　微信网友"一江春水向东流"：抗疫期间伟大的医护人员们辛苦了，伟大的白衣天使。

"草莓书记"刘海川

"草莓书记"刘海川

  2018年6月，时年23岁的刘海川被派驻到四川省建档立卡贫困村——石岩寺村，成为驻村干部。"90后"驻村干部刘海川，带领村民修路修渠种草莓，疫情期间，村里大量草莓滞销，他又变身"宣传员""销售员""快递员"，将草莓销售信息制作成精美海报进行网络推广，播种着致富希望；他助学支教做公益，点亮孩子心中梦想，播种着成长希望。在广袤的农村大地，他用行动书写无悔青春。

村里的地里要种上草莓　孩子们心里要种上希望

——一名驻村工作队队员的扶贫故事

《成都日报》记者　袁弘

　　这个开学季，简阳市望水乡石岩寺村小学的 51 名小朋友开心极了——以前的泥地操场，变成了带崭新塑胶跑道的操场；漏雨的小青瓦教室房顶全部换了，每间教室不仅吊了顶，还装上了三台吊扇……而这一切，都是由孩子们口中的"刘哥哥"牵头完成的。"刘哥哥"就是来自成都轨道集团的一名平凡的驻村工作队队员、共产党员——刘海川。

　　"我理解的'不忘初心'，就是要全心全意服务基层、服务群众……"刘海川说。他所在的简阳市望水乡石岩寺村，距离成都有 100 多公里。该村属于省定贫困村，原有省级建档立卡贫困户 93 户 306 人，于 2017 年底脱贫，目前仍在巩固提升阶段。

路修好了，电用上了，用水也不用肩挑背扛了

　　20300公里——这是刘海川车上里程表的公里数，也是他在简阳市望水乡石岩寺村驻村的 1 年零 3 个月中奔波的见证。

　　"我们现在正经过的路，就是去年刚刚修好的。"要想富，先修路——年轻的刘海川吸取前辈们的工作经验，首先从提升和改善村里的基础设施着手。他在乡党委支持下，积极推动道路硬化，让全村 32.8 公里道路焕然一新。

　　"以前我们这里因为电压不稳，用电一直不便，过年的时候，回来的人多，用电量大，连电灯都带不起；夏天连风扇都带不起，更不要说空调了！为了错峰用电，能用上机器打米，老乡们凌晨三四点就要起床……"说这话的是望水乡石岩寺村 4 组的队长王兴明。而就在这个月，这个困扰大家六七年的老问题，就要得到解决了，而这得力于王兴明口中不断夸奖的"小刘"："别看小刘年纪轻，相当耿直、实在！"

　　为了解决当地群众 100 多亩土地的灌溉问题，让大家不用再肩挑背扛地去浇水，刘海川还张罗着在村里建设了一座提灌泵站。

草莓"未种先销",土鸡微信销售

"再过几天,这里就能种上草莓了,这个冬天就能收第一批。"望着正在翻土的 20 多亩草莓地,王兴明充满了希望。而这,也是刘海川全程负责的。

刘海川先对周边水果种植情况进行了详细的调查,并形成了《关于石岩寺村 2019 年脱贫攻坚工作计划》,论证草莓种植的可行性。

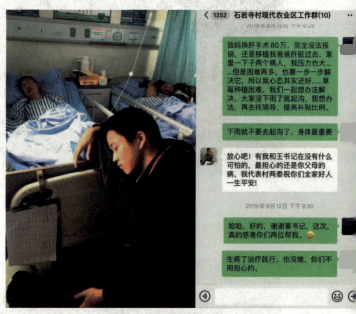

刘海川在医院照顾父母

"刚开始乡亲们还有观望情绪,我就自己认种了几分地,一方面让大家吃下'定心丸',另一方面我也想自己先学一下种植技术,再教乡亲们。他们看到一个外来的驻村工作队队员都能种好草莓,自然就有信心了。"刘海川说。

不仅管种,还管销——刘海川把草莓命名为"石岩草莓",还多方奔走,在草莓上市以前,就成功使石岩寺村成为阿里巴巴盒马鲜生草莓直接供应基地。

对于缺乏劳动力的贫困户,他还带领大家养鸡,打造"石岩土鸡"品牌,发展家庭土鸡养殖;同时创新销售模式,利用微信公众号建立销售渠道。

只有泥地操场的村小学改建成了一座现代化小学

教室漏雨、只有泥地操场的村小学,改建成了一座现代化小学,还设置了图书室、计算机房、直饮水机。

"学校建好了,我问孩子:'你们的梦想是什么?'孩子们有的说去打工,有的答不上来。我想,不仅村里的地里要种上草莓,孩子们的心里还要种上希望。"为此,刘海川组织发放困难学生生活补助,设立"专项奖学金",设立"驻村干部支教小课堂",建立公益游学机制,开展"走出农村看世界"公益游学活动,让轨道集团优秀青年"一对一"担任石岩寺村小学孩子们的"成长伙伴",并定期开展"青年文明号进校园活动"。

在走出去的同时,刘海川搭建社会资助平台,把社会优势资源引进来,与成都电子

刘海川设立村小学"专项奖学金"

刘海川常年驻村支教，开设驻村干部支教课堂

科技大学公益组织签订结对帮扶计划书,引入外教口语教学、图书室援建、素质拓展等帮扶手段,将输血帮扶变为平台建设,充当城市与农村的资源杠杆,让资源有效流动,解决了村小学资源匮乏、无人问津,城市资源丰富、无处可施的局面,为村小学持续发展提供可借鉴方案。

现在孩子们遇见他,会喊一声"刘哥哥好"。"我喜欢当我进入校园时,孩子们向我拥来的幸福,那一声声甜甜的呼唤……这是我工作的意义,也是我工作实践的回报吧。"

微语录

"我理解的'不忘初心',就是要全心全意服务基层、服务群众……我后面几年只是苦一点,但是心里要好过一些。"——驻村干部刘海川

微评论

微信网友"四合院里的纸人":你播种辛苦的种子,善良会长成参天大树。

微信网友"文无已昭":要以这样的"国系90后"为楷模,不辜负这一代人的使命。

张桂梅

"红土高原一枝梅"张桂梅

张桂梅曾是云南省丽江市华坪县民族中学的优秀教师、华坪儿童福利院孩子们热爱的"妈妈"。2008年,在她的全力推动下,一所全免费的女子高级中学在滇西偏远的华坪县成立。这所高级中学在张桂梅坚持不懈的努力下,硬件条件得到不断改善,教师队伍的整体素质明显提升,创办11年,毕业9届学生,上线率和升学率都是百分之百,综合排名始终保持全市第一。1645名贫困女孩在这里放飞了梦想,从这里走进了大学……如今已经62岁的她,虽一身病痛,却仍然坚定前行,始终像蜡烛一样燃烧自己,照亮每一个孩子的梦想。

红土高原一枝梅

——记云南省丽江市华坪县女子高级中学党总支书记、校长张桂梅

中国教育新闻网、《中国教育报》特约通讯员　杨云慧

62岁,本应该安享退休生活,她却在不停奔波、忙碌。每天清晨5点到夜里12点,人们都可以在校园里见到她匆忙的身影。她身患重疾,多次与死神擦肩而过。

她曾是云南省丽江市华坪县民族中学的优秀教师、华坪儿童福利院孩子们热爱的"妈妈"。2008年,在她的全力推动下,一所全免费的女子高级中学在滇西偏远的华坪县成立。她坚信,帮助一个女孩接受更高层次的教育就是帮助一个家庭。11年来,她是这所学校的掌门人。

传奇的人生、突出的贡献,使她先后获得"全国先进工作者""全国十佳师德标兵""全国十大女杰""全国五一劳动奖章""全国十佳最美乡村教师""全国百名优秀母亲""云南省优秀共产党员""兴滇人才奖"等40多项荣誉称号和奖项。然而,这些荣誉未让她停下脚步,她始终以一名共产党员的初心和使命感,带领学校师生创造一个又一个不凡的成绩。

她是张桂梅,云南教育系统一个响亮的名字!

"如果我是一条小溪,就要流向沙漠,去滋润一片绿洲"

1957年,张桂梅出生在黑龙江省牡丹江市一个满族家庭。临近高中毕业,母亲去世,张桂梅随支援边疆建设的姐姐来到云南。1977年,刚20岁的她在原中甸县林业局工作。

1990年,张桂梅调回丈夫的老家大理,夫妻二人同在喜洲镇一中工作,那是她人生中最幸福的一段时光。但好景不长,1996年,丈夫患胃癌去世,这个打击几乎使张桂梅丧失了生活的勇气。1年后,她决定离开这个令她触景生情、睹物思人的地方。华坪——这座小县城接纳了她。

"如果我是一条小溪,就要流向沙漠,去滋润一片绿洲。"从此,张桂梅就如一条小

溪,一步步流向山区,扎根民族贫困地区。在这个过程中,她越发感受到做好民族地区教育工作的重要性。

张桂梅任教的华坪中心中学是当地条件相对较好的学校。正当她全身心投入工作,以抚平心中的伤痛时,她感觉腹部疼痛,肚子也越来越大。她到医院检查发现是肿瘤,需要手术治疗。张桂梅痛苦极了,整整哭了一夜:"老天怎么就对我这样不公平?少年丧母、青年丧父、中年丧夫,难道还不允许我有一个健康之躯,为教育多做点事吗?"但哭过以后,她做出的抉择却是,不能在节骨眼上把即将参加中考的学生扔下!

她把医院的检查结果揣进怀里,一边吃着止痛药,一边像常人一样工作。直到3个多月后把学生送进了中考考场,她才向学校领导说明病情,住院切除了重达两公斤的肿瘤。

"常人无法想象她是怎样熬过疼痛这一关的——她腹腔的器官全都移位,肠子粘连,贴在了后壁上。"医生要求张桂梅休息调养半年后才能工作。但术后24天,她就匆匆赶回华坪,来到新成立的民族中学任教。

来到华坪县民族中学后,张桂梅用整个身心呵护着学生,未痊愈的身体却在无休止的消耗中再次出现病症,肿瘤以极快的速度生长,她一次次地晕倒在讲台上。醒来后,她对哭成一片的学生说:"坚强些,老师不会死的,也不会离开你们!"张桂梅知道,

"把学生送出大山"的张桂梅

是这些可爱的孩子给了她企盼,给了她生命的火花。1998年7月,把又一批学生送进中考考场后,张桂梅悄悄去做了第二次手术。

随着年龄的增长,张桂梅的身体愈加虚弱,疼痛的次数越来越频繁,有时甚至晕倒。她尽量不让其他人知道,怕大家担心,完全靠一把把的止疼药坚持。

乐观、漂亮的蕉绍虹是女子高中的毕业生,是张桂梅带着她读完了高中。她说:"'老妈'是给我第二次生命的人。我现在最想做的事是给'老妈'买到一种吃了不再疼痛的药。"

"教师的天职就是奉献,没有任何其他条件"

到民族中学工作,张桂梅面对的大多数是傈僳族、彝族等少数民族学生。学生们来自大山,家庭贫困,存在文化基础差、生活习惯不好等共性。张桂梅首先采取两条措施:一是整顿学生的生活、学习秩序,二是激励学生拼搏向上。在她的耐心引导下,学生们逐渐养成了良好的生活和学习习惯,学习都有了很大进步。

一个来自永兴乡的小姑娘,穿的衣服脏脏的,总是坐着发呆,学习成绩也不好,在她身上看不到一点少女的活泼与快乐。张桂梅与她促膝谈心。最后,小姑娘终于流着泪对她倾诉:"爸爸生病死了,妈妈一个人供我们兄弟姐妹生活,真不知今后怎么办!"张桂梅鼓励她要战胜困难,并翻箱倒柜找出衣服给小姑娘换上,又帮她交书费。小姑娘感动地说:"张老师,你就是我的妈妈!"

2003年,张桂梅还送走过一个特殊的班。这个班数学学科曾经频繁更换教师,班风较差,有的学生转走了,有的学生回家不读书了,有些男孩晚上还在网吧过夜,教师们都对这个班没有信心。临近中考时,学校安排张桂梅接这个班的语文和政治课,并担任班主任。张桂梅走上讲台时,孩子们欢呼了起来。看到孩子们那一双双期待的眼睛,张桂梅知道,学生们对她充满了信心。

她进山找回那些不读书的学生,但玩游戏机的学生管不住自己,晚上还是想跑出去玩。张桂梅就采取了一个不是办法的办法:把行李搬进了男孩的宿舍,和32个男孩住在了一起。

早上6点,她叫孩子们起床做早操;晚上,她检查完女生宿舍后又来到男生宿舍,一张床一张床地查点人数,清点够了才躺下。这时,她就和男孩们用轻松的语气聊聊白天的事。时间差不多了,她就说声:"睡觉!"一段时间下来,男孩子们说,就像在家里一样,有个妈妈和他们住在一起。

可是,只有张桂梅自己才知道,住在男生宿舍里的那几个月是怎样熬过来的。那个季节,每天气温都在30摄氏度以上,一到下午,张桂梅就不敢喝水,怕自己晚上起夜时

张桂梅(左二)与学生们在一起

张桂梅到教室检查学生晚自习情况

有学生溜出去泡网吧。男孩们粗重的鼾声、梦话声和脚臭味常常使她睡不好觉。但第二天,她依然比学生起得早,和学生一起跑步……她的辛劳没有白费,中考时,22名学生考到500分以上。

因为营养跟不上,山里的孩子经常生病。张桂梅就每个月轮流带着学生出去改善生活。她告诉学生:"你们这个时候正在长身体,想吃什么就告诉我。"每次学生们都吃得很开心。直到有一天,学生们吃完饭,张桂梅去付账,有学生发现,张老师翻遍了所有的包才凑足了钱。学生们一下子明白了,泪水止不住地在眼眶里打转。因为他们知道,张老师每顿饭仅舍得吃一份小菜。

一名女生考上了高中,但想到自己一贫如洗的家,就没有了继续上学的勇气,1年后辍学打工。张桂梅知道后,四处打听她的下落,最终找到她。看着张桂梅瘦弱无力的样子,这名女生抱着她哭了。张桂梅让她回校复读,此时离中考仅有3个月时间,重拾丢弃2年多的课本,女孩心里没有一点底。张桂梅让她住在自己的宿舍里,安心学习。

在张桂梅的鼓励、帮助下,这名女生最终考取了一所师范高等专科学校,毕业后回到华坪县偏远的通达乡中学任教。她说,之所以选择这样一份工作,就是因为张桂梅。她要做一名像张桂梅一样的教师。

"教师的天职就是奉献,没有任何其他条件。"张桂梅爱学生,并不需要任何补偿。在她看来,她得到的比世上任何人都多。有一天,她同以往一样匆匆忙忙地赶到学校上课,发现教室讲桌上摆放了两个大蛋糕,只听全班同学齐声喊道:"祝张老师生日快乐!"许多她教过的学生也来祝贺她的生日,并送上一张自制的贺卡,上面工整地写着:"桂子飘香,梅花御寒。祝妈妈生日快乐!"

张桂梅的心醉了。这是一份爱的回报!

"丈夫曾担心我的生活能力,但现在我撑起了一个大家庭"

1999年6月,华坪县要建一所孤儿院,投资方指定张桂梅出任院长。从2001年3月开始,张桂梅不拿一分报酬地干起了第二份职业——华坪儿童福利院院长,当上了54个孩子的"妈妈"。

刚当上"妈妈",就难死了张桂梅。当时,来到福利院的孩子从2岁到12岁都有,哭声震天,闹得左右邻居都睡不着觉。在每个孩子身上,张桂梅都发现了虱子。最糟糕的是,张桂梅根本听不懂孩子们说的方言。

那么多孩子在一起,争吵、打架成了家常便饭。有一天,张桂梅去山上家访,回来看到地上乱扔的木棒,分明是刚刚结束"战斗"的场面。她心里沉甸甸的:要不是把这些孩子集中养育,将来真不知道会是什么样子。一定要把他们教育好,给他们一个与其他孩

张桂梅与孩子

子公平竞争的机会。

可是,改变孩子们多年养成的习惯是很不容易的。有一个男孩,父亲死亡给他留下了阴影,使他幼小的心灵充满了偏执和仇恨。他常常用石头把卫生间堵死,一会儿又把拖把放在门上……学校的班主任发火了,把他送到张桂梅这个"家长"面前说:"你去管吧!"孩子一见张桂梅就哭了。张桂梅的心一下子热了:孩子真的把她当成了家长,用眼泪诉说他的委屈。张桂梅只说了一句:"跟我回家。"之后,这个孩子慢慢变好了。

张桂梅还带过一个1岁左右的幼儿,晚上需要抱着他睡。孩子特别依恋她,出来进去都要她背着、抱着,只要看见张桂梅就飞快地爬过来,抱住她的胳膊,一边用小脸擦来蹭去,一边还喊着妈妈,直到偎在她的身上睡着。张桂梅明白,孩子需要的是一个家,一个真正爱他、把他当作亲生孩子的妈妈。

孩子们渐渐地长大了,成家立业了。张桂梅就像母亲一样,又高兴,又有操不完的心。

30岁的雷秋凤被张桂梅称为"大闺女"。2011年"大闺女"出嫁时,张桂梅在福利院专门布置了一间新房,请来民政局的工作人员做见证人,风风光光地将"大闺女"嫁出了门。蚩绍虹2019年9月结婚。结婚前,张桂梅还以妈妈的身份见了男方家长,向男方一家人说:"这姑娘从小太苦了,请你们好好待她,不懂、不会的多教教她。"童国伟是福利院最早结婚的男孩,张桂梅带着福利院的孩子把新房布置得喜气洋洋。她说,福利院是孩子们永远的家!

张桂梅没有亲生的孩子,可19年间,她却当了136名孩子的"妈妈"。她说:"丈夫去世前曾担心我的生活能力,但现在我撑起了这样一个大家庭,让这些孩子都有了归属感。"令她骄傲的是,福利院的许多孩子都读了高中、上了大学,50多个孩子走上工作岗位,成了医生、教师、公务员、企业职工。

"为了山里女孩走出贫困,吃什么苦我都心甘情愿"

在华坪的工作、生活经历,让张桂梅渐渐明白,许多孩子如果有一个有文化、有责任感的母亲,就不会辍学。在民族中学、儿童福利院,张桂梅看到很多缺失母爱让孩子陷入困苦的事例。

"何不办一所免费女子高中?"2002年,张桂梅萌生了在华坪创办一所女子高中的念头,并为这个在别人看来根本无法实现的梦想四处奔走。她向有关部门申请,甚至走上街头向人们描述她梦想中的女子高中:女子高中应是一所充满爱的氛围的学校,从

张桂梅和学生们在一起

这里走出去的女孩应有健康的身心、良好的行为习惯、坚强的意志;从这里走出去的女孩将不再重复祖祖辈辈走过的路,她们将来的生活肯定会美好。

为了筹集办学资金,骄傲的张桂梅放下了全部的自尊。一次,她去一家企业寻求帮助,还未等她说完来意,公司领导就叫她赶快离开,甚至叫来了保安驱赶她,还有不少人跑来围观,嘲笑她。她说,当时自己恨不得找个地缝钻进去。

"为了山里女孩走出贫困,吃什么苦我都心甘情愿。"执着的张桂梅没有放弃,她付出了常人难以想象的艰辛。

功夫不负有心人。在各级党委、政府的关心、重视下,在社会各界的支持、帮助下,建立华坪县女子高级中学在 2008 年 8 月成为现实。9 月 1 日,100 名来自华坪、宁蒗、永胜的女孩成为女子高中的首批学生。与其他高中不同的是,这所学校没有录取分数线,只要是初中毕业、愿意读高中、来自贫困家庭的女孩,学校就无条件接收,而且进行全免费教育。

当时的办学条件十分艰苦,学校只有一栋综合楼,没有围墙、大门。为按时开学,张桂梅带着 17 名教职工一起清理垃圾。学生的床需要安装,张桂梅又带着教职工安装床铺,铺上崭新的被褥,在每张床上挂上写有学生名字的吊牌。学生都是女孩,如何保障安全? 每间宿舍,张桂梅都安排一名女教师陪着学生住宿,甚至陪着她们上厕所。

理想很美好,但现实很严峻。学生来自大山,学习基础差,理解能力也不好,教学难度很大。地理教师张红琼说,这些学生都没学过地理,得从初中的课开始补。"女子高中的老师很辛苦,但张老师什么事都走在我们前面,我们没有理由叫苦。学生病了,她守着;学生闹矛盾,她亲自解决。比起张老师,我们的付出不算什么,她付出的是全部。"张红琼说。

傈僳族女孩蚩绍虹有着辛酸的童年。没有父母关爱的她靠帮邻里干活换取三餐或一点钱,勉强读完了小学、初中。女子高中的创办,使她有机会上高中。张桂梅把她安排在福利院,解决了她的后顾之忧。高中毕业后,蚩绍虹考上德宏师范高等专科学校,学习珠宝玉石鉴定与加工技术,现在有了一份不错的工作。她与张桂梅建立了胜似母女的关系。她说:"你看到我现在阳光的样子,这都是'老妈'给的! "

在张桂梅坚持不懈的努力下, 华坪县女子高级中学的硬件条件得到不断改善,教师队伍的整体素质明显提升,创办 11 年,毕业 9 届学生,上线率和升学率都是百分之百,综合排名始终保持全市第一,社会认可度不断提高。1645 名贫困女孩在这里放飞了梦想,从这里走进了大学。人们都说,这所学校"低进高出"的背后,离不开学生的苦读、教师的苦教,更离不开张桂梅不顾生死的奋斗。

"我们从事的是党的教育事业,要始终坚守为党育人、为国育才这一根本"

1998年,张桂梅加入了中国共产党。她身边的人都知道,她对党的忠诚、热爱是发自肺腑、嵌入灵魂的。

20多年来,张桂梅除了执着于教育事业外,还经常掏钱帮助群众治病、修路、建水窖,帮助群众协调纠纷、化解矛盾、发展产业。她常挂在嘴边的一句话是:共产党员就应该帮老百姓做事,群众有困难,就应该去管。这些年来,张桂梅将自己的工资、各级政府给她的奖金,甚至是大家筹集给她看病的100多万元全部捐给了华坪贫困山区的教育和社会事业。她个人没有任何财产,但她说:"我什么都有,我心里有学校,有千千万万个孩子。"

华坪县女子高级中学创办之初,张桂梅面临的最大难题是教师不稳定的问题。她好不容易找来17名教职工,有9名教师相继离开,办学常陷入困境。但张桂梅发现,留下来的8名教师中有6名是共产党员。她说:"战争年代,只要党员在阵地就会在。今天,只要我们党员在,就要守住这块教育扶贫的阵地。"

张桂梅提出了"革命传统立校,红色文化育人"教育理念。从此,她带领党员一律佩戴党徽上班,每周重温一次入党誓词,唱一支革命歌曲,开展一次党的理论学习,观看一部革命经典影片并写一篇观后心得。大家一开始只是跟着做,但慢慢发生了变化,内心变得充满了力量。哪里有困难,哪里就有党员走在前面;哪里有需要,哪里就有党徽在闪烁。

韦堂芸,左脚骨折,拄着双拐坚持为学生上课;勾学华,婚礼当天上午还在学校忙碌;杨晓春,长期资助学生却从不说起……这样的事例在学校教职工中层出不穷。

陈法羽是女子高中的第二届毕业生,从云南警官学院毕业后,她成为永胜县公安局三川派出所的一名警察。她至今清楚地记得,开学第一天,同学们就学唱"红米饭,南瓜汤"。唱完,张桂梅就语重心长地说:"现在,我们学校的条件还很艰苦,但比起红军长征时吃草根、吃树皮已经不知道要好多少倍。我们要学习革命先辈百折不挠的奋斗精神,倍加珍惜来之不易的学习机会,努力学习。"

每届学生都像陈法羽一样接受红色教育,通过一起唱红歌、一起跳红色舞蹈、一起朗诵红色经典、一起重温入团誓词、一起观看红色电影等活动,在红色氛围中感受爱国主义和集体主义,坚定共产主义信念。在红色教育的熏陶下,女子高中的孩子们展现出不一样的精气神。这使张桂梅感到特别高兴,她说,课间或是开展活动时,看着着装整齐、朝气蓬勃的女孩们,自己别提有多高兴了。

周云丽大学毕业后考上一所中学的教师岗位,听说母校数学教师紧缺,就放弃正

张桂梅(右)和自己曾经的学生陈法羽合影

式编制,回女子高中当了一名代课教师。大学毕业后在上海打拼的黄付艳,在华坪遭遇水灾时,把自己积攒的钱首先捐给学校……爱在女子高中延续。

近几年,学校办学条件得到不断改善。在建设中,张桂梅始终把红色文化的氛围营造放在极其重要的位置。学校操场边的一面墙上,与党旗、入党誓词并列着"共产党人顶天立地代代相传"的红色大字。张桂梅说:"我们从事的是党的教育事业,要始终坚守为党育人、为国育才这一根本。我们就是要让共产党人顶天立地的红色基因代代相传!"

23年来,张桂梅以"红梅傲雪,大爱无疆"的精神,帮助贫困山区孩子走出大山,托起无数家庭和学生"知识改变命运"的梦想,用初心和信仰书写着一名共产党员对党忠诚一辈子、为民奉献一辈子、坚忍执着一辈子、于己克俭一辈子的高尚情怀。她就如一枝报春的红梅,带给贫困山区孩子们无限的希望,谱写着新时代共产党人的无疆大爱。

微语录

"为了山里女孩走出贫困,吃什么苦我都心甘情愿。""战争年代,只要党员在阵地

就会在。今天，只要我们党员在，就要守住这块教育扶贫的阵地。"——云南省丽江市华坪县女子高级中学党总支书记、校长张桂梅

微评论

微信网友"Lg先生"：她感动着我们，也激励着我们怀着爱和善良生活。

微信网友"墨舞于水"：女子本弱，为"母"则刚！

开"火龙"狂奔突围的硬汉孙刚

开"火龙"狂奔突围的硬汉孙刚

闹市街头，一辆全身被火团包围的大货车一路狂奔，一直开到荒僻的乡野后烧毁。这惊险的一幕发生在 7 月 14 日 18 时许的辽宁省新民市梁山镇。孙刚的大货车在修理部焊接时，一个火星点燃了车上铺的草帘，引发大火。面对 3 米高的大货车后挂车厢，灭火器从下往上喷根本无济于事。"火把车烧得滚烫，根本无法爬到上面灭火。"此时的货车就像一个巨大的火团，随时要吞噬旁边的人群，更危险的是，距离修理部不远处还有一个加油站。"我不能连累别人。"孙刚说，"我看火势控制不住，实在不行了，必须把车开到没人的地方。"于是，他冲进驾驶室，一路鸣着笛，沿省道将"火车"开出了 5 公里左右，直到确认旁边没人了，他才跳车逃生。

为避开人群，他开着起火的大货车一路狂奔到荒野:
"火车"司机的"生死时速"

新华社记者　李铮　于也童

闹市街头，一辆全身被火团包围的大货车一路狂奔，一直开到荒僻的乡野后烧毁。这惊险的一幕发生在 7 月 14 日 18 时许的辽宁省新民市梁山镇。41 岁的大货车司机孙刚，用 10 分钟完成了令全网点赞的壮举。

留着贴头皮短发的孙刚黝黑、健壮，是一眼能看到底的东北汉子。19 日下午，接通记者电话的孙刚，正坐在从黑龙江双鸭山赶往沈阳的列车上。面对数十万网友"中国好司机"的赞誉，孙刚说:"我不是英雄，但男子的肩上得扛得住事。我不能连累别人。"

"我不能连累别人"

41 岁的孙刚开大货车跑长途十几年了。7 月 14 日，他接了一个运西瓜的活，千里跋涉到梁山西瓜产地——沈阳新民梁山镇。"跑梁山运西瓜多少趟了，如果一切顺利，一天一夜就把货拉回去了。"来到梁山的孙刚，心情是愉悦的。苦干了 2 年，大货车 35 万的贷款，已经连本带息在 7 月初还完了，孙刚说:"感觉幸福的日子就在眼前。"14 日下午装西瓜前，孙刚发现大货车车厢后面一个金属箱有点松动，需要焊紧，他就来到梁山镇一个汽车修理部维修货车。本以为是一次普通的焊接，但所有人都忽略了货车车厢上铺满了给西瓜遮阳用的草帘。

"天热，一个火星溅到了草帘上，火一下子就着了一大片。"灾难来得那么突然，没给孙刚留下半点犹豫的时间。他试图用车上的灭火器解决突如其来的大麻烦。但面对 3 米高的大货车后挂车厢，灭火器从下往上喷根本无济于事。"火把车烧得滚烫，烤得人脸疼，根本无法爬到上面灭火。"孙刚说。此时的货车就像一个巨大的火团，随时要吞噬旁边的人群，更危险的是，距离修理部不远处还有一个加油站。

"我不能连累别人。"孙刚说，"原地救火坚持了 1 分钟左右，我看火势控制不住，实在不行了，必须把车开到没人的地方。"于是，他冲进驾驶室，一路鸣着笛，沿省道将"火车"开出了 5 公里左右，直到确认旁边没人了，才跳车逃生。记者从当天路人拍摄的视频中看到,快速行进的大货车车身蹿起了 2 米多高的火焰,拖着滚滚浓烟快速前行,情况十分危急。孙刚跳车 2 分钟后,大货车油箱就爆炸了,火苗溅得路两边都是。眼看靠自己的力量救火无望,自己赖以谋生的大货车一点点被烧成一个铁架子,这个东北汉子瘫坐在路边,哭了。

"损失我自己承担"

20 日,为了处理好被烧毁的大货车,已经返回双鸭山的孙刚再次来到了沈阳新民。"车头当废铁卖了 11000 元。轮胎还能卖几个钱,但重新买货车只能是个梦想了,53 万元对我而言是个天文数字。"孙刚言语中透露着无奈。

处理完货车的事,孙刚还特意去见了当天为自己修车的水电焊门市部老板王大爷。"这几天都没睡好觉,我对不起你呀!好几十万的车。"面对满心愧疚的王大爷,孙刚反而安慰老人家说:"这是意外,损失我自己承担。车没了就没了,钱是人赚的,只要人没事就行。"自己遭遇了突发事件损失惨重,憨厚的孙刚没有埋怨任何人,还一直惦记着火灾扑救过程中帮助他的好心人。

孙刚与崭新的货车合影

"当天,我把车开到没人的地方后,一名骑摩托车的小伙帮我一起灭火,他特意骑摩托车跑到镇里的加油站借来了两个大灭火器。虽然当时火太大了,人根本靠近不了,灭火器没用上,但我仍然万分感激他在危难的时候出手相助,我真心想对他说句谢谢。"孙刚说。平凡处见人性光辉,危急时见生死抉择。孙刚为了他人安全,驾驶"火龙"一路狂奔的视频在互联网上被广泛传播后,感动了千万网友,

孙刚在擦拭卡车的车头

无数网友在社交媒体留言,称赞他是"中国好司机"。"给这位司机点赞,他用自己的行为书写了'责任'二字。""不是每个人都能做出这种选择,危险关头还能想到别人,是条汉子!""这样的烈火英雄配得上世上最高的赞美。"

"前后就十几分钟的事,来不及选择。就一个念头,绝对不能让人出事。"孙刚说,"其实我也怕!屁股后面就是火团,能不害怕吗?那时候哪想得到当什么英雄?但活了这么多年,我明白男子汉肩膀上得扛得住事。我不是英雄,我相信任何人遇到这样的事情,都会这样做。"

"为了家庭,我会扛下去!"

谋生的货车被烧成一堆废铁,生活的重担又压到了孙刚肩上。"挺迷茫,但也得扛住。我还有老婆和一对4岁的双胞胎儿子。"

老家是佳木斯富锦的孙刚经济条件一般,为凑钱买这台大货车,2年前,他把自己在佳木斯的房子卖了,付了18万元首付,四口人和岳父母挤在老人双鸭山50平方米

孙刚和妻子宋维维、两个孩子在一起

左右的小房子里。虽然生活艰苦，但孙刚相信，只要他肯吃苦、肯努力，钱总有一天能赚回来，生活总会好起来。"当时想多跑跑，能多接活就多接活，想给妻子和孩子换大房子。"装车、盖篷布、卸车、解篷布，大夏天这一圈下来，忙得浑身是汗。有时遇到要得特别急的货，中间连饭都顾不上吃，累了就把车停在休息站合一会儿眼睛，养精蓄锐后又马不停蹄地上路……开长途货车的累和苦，对孙刚而言是家常便饭。"累了就给妻子打个电话，听听儿子的声音，一听他俩喊'爸爸'，我就又有动力了。"

沈阳新民到黑龙江双鸭山这条线，孙刚常跑，意外的发生，让所有人措手不及。"正感觉生活充满希望，但一下子又一无所有了。"孙刚说。孙刚开"火龙"突围的视频正在互联网上迅速传播，网民感动点赞的同时，得知孙刚生活拮据，纷纷要解囊相助。卖给孙刚货车的经销商正组织公司员工为孙刚捐款，她说："看了'火车'飞奔而出的视频我很感动，尤其确认孙刚是我的客户后，更是敬佩。如果大家能帮他凑够钱再买一辆大货车，我们将无利润卖他一辆新车。"

微语录

"网友的留言,我都看了,心里暖暖的。大家放心,我能扛住。老婆和两个儿子是我最大的支柱,这几天老婆一直和我说我做得对,不能让咱家车伤着别人。只要人在,一切就都在。"——大货车司机孙刚

微评论

微信网友"大海的胸怀":伟大的平民英雄,我们学习的榜样。

微信网友"绝对不吃口香糖":我辈之楷模。

毛鑫在接听村民来电

"带着家人去扶贫"毛鑫

毛鑫是广西壮族自治区南宁市司法局派驻马山县加方乡龙开村的第一书记,这是她第二次担任驻村第一书记。2015 年 10 月,她曾被派驻到南宁市兴宁区三塘镇那笔村担任第一书记,经过两年的努力,那笔村实现整村脱贫。

2017 年 11 月,就在完成两年驻村任务可以回城时,毛鑫主动请缨,到龙开村担任驻村第一书记。

龙开村地处大石山区,"九分石头一分土",山多、地薄、水少,人均耕地面积不足 0.8 亩,是南宁市 56 个深度贫困村之一。

面对这块脱贫攻坚的"硬骨头",毛鑫没有退缩。一轮进屯入户调研后,她和当地党员、干部、群众商议:大力发展产业,让贫困群众脱贫,过上好日子。很快,龙开村养鸡、养牛、种桑养蚕等合作社发展起来了。

"脱贫攻坚不获全胜决不收兵"

——带着母亲、儿女驻村扶贫的第一书记毛鑫

新华社记者　陆波岸

连续 5 年在两个贫困村担任驻村第一书记，为了不影响扶贫工作，毛鑫干脆把母亲和儿女带到贫困村一起生活……在滇桂黔石漠化片区广西马山县大石山区之中，毛鑫担当起脱贫攻坚一线扶贫干部的使命。

毛鑫是广西壮族自治区南宁市司法局派驻马山县加方乡龙开村的第一书记。这是她第二次担任驻村第一书记。2015 年 10 月，她曾被派驻到南宁市兴宁区三塘镇那笔村担任第一书记。在那笔村，她带领当地村民发展产业，经过两年的努力，全村 47 户贫困户实现脱贫，那笔村实现整村脱贫。

2017 年 11 月，就在完成两年驻村任务可以回城的时候，毛鑫主动请缨，再次到贫困村龙开村担任驻村第一书记。

龙开村地处大石山区，"九分石头一分土"，山多、地薄、水少，人均耕地面积不足 0.8 亩，有 27 个屯 447 户，是南宁市 56 个深度贫困村之一。

这无疑是一块"硬骨头"。但是，毛鑫没有退缩。一轮进屯入户

毛鑫与女儿

毛鑫(右)在了解村民蒙志英的残疾证办理情况

调研后,她和当地党员、干部、群众商议:大力发展产业,让贫困群众脱贫,过上好日子。

很快,以养殖肉鸡为主的拉海种养专业合作社、小蚕共育基地、扶贫农特产品集散中心等扶贫产业支撑项目相继在龙开村建设起来,以养牛为主的矗矗种养专业合作社养殖规模由此前的1个牛栏40多头牛发展到6个牛栏200多头牛。龙开村地的屯村民黄宜养蚕缺乏资金,毛鑫自掏腰包借给他4200元钱;龙开村中塘屯村民蒙艳梅养兔子缺乏思路,毛鑫多次上门给她出主意……

2020年初,龙开村农产品销售受新冠肺炎疫情影响不小。毛鑫跑遍加方乡各个快递点,谈妥快递方案后,手把手指导村民选货、打包,然后拿起手机当"带货主播",通过网络对外推销龙开村的农产品。2020年初至今,龙开村农产品网络销售额达30万元。

在新冠肺炎疫情防控最关键的时候,她动了把母亲和儿女带到龙开村常住的念头。她爱人在消防部门工作,平时很少有时间照顾家人,她68岁的母亲又没有办法同时照顾好两个小孩。2020年正月初三,她驾着私家车带着9岁女儿直奔距离南宁市区150多公里的龙开村,一边照顾女儿,一边带领当地群众做好疫情防控和脱贫攻坚工作。

毛鑫(右)和马山县驻村工作队队员苏猛查看电商商品包装情况

毛鑫(右)在了解村民蒙艳梅的兔子养殖情况

随后,她又把母亲和1岁多的儿子一起带到龙开村,在村里的临时宿舍住下来,让本来在南宁市区上小学四年级的女儿转学到加方乡中心小学读书。

现在,她每天6点多钟就起床送女儿到加方乡中心小学上学,然后回到村里开始一天的工作。下班之后,她在临时宿舍里照顾母亲和儿子,晚上8点半钟还要准时到加方乡中心小学将下晚自习的女儿接回来。

毛鑫的付出有了收获。她2017年11月驻村至今,龙开村已经有142户504人实现脱贫。目前,全村建档立卡贫困人口100%参加城乡居民基本医疗保险,全村住房安全100%达标,全村27个屯1609人全部实现安全饮水。她连续两年获得马山县脱贫攻坚先进个人称号,连续两年被评为广西优秀贫困村党组织第一书记。

2020年7月,毛鑫的工作单位有了变动,从南宁市司法局调到南宁五象新区规划建设管理委员会。7月3日,她到新单位报到后转身又奔回龙开村。"目前,龙开村还有4户15人未脱贫。脱贫攻坚不获全胜决不收兵。"她说。

微语录

"目前,龙开村还有4户15人未脱贫。脱贫攻坚不获全胜决不收兵。"——龙开村第一书记毛鑫

微评论

微信网友"钢的琴":我们的乡村有这样的人带领,我们一定会打赢这场脱贫攻坚战,变得更加强大。

微信网友"nzhnzh":这是中国人的精神,值得我们骄傲。

张海鑫

进藏追逐"高原梦"的"90后"大学生张海鑫

26岁的张海鑫出生在青海,2017年夏天,他从北京城市学院工商管理专业毕业后,放弃了北京一家公司的就业机会,到西藏追逐"高原梦"。张海鑫刚到西藏的半年里,常因缺氧睡不着觉,体重下降了10多斤,整个人又瘦又黑。

"自己做的决定,再难也要坚持下来。"张海鑫勇敢地面对困难,并很快投入脱贫攻坚战场。

拉萨市尼木县吞巴镇的藏香、藏纸、雕刻技艺名声在外,被称为"尼木三绝"。2019年,吞巴镇为拓宽产品销路,增加群众收入,挑选致富带头人和文化水平较高的群众参加电子商务培训班。张海鑫教贫困群众如何做微商,怎样在网上开店,不到一年的时间,上百名群众通过网络把产品卖到全国各地。此外,他还为吞巴镇吞普村妇女缝纫专业合作社生产的藏式服装设计、注册商标,提升产品的品牌价值。

"90后"大学生进藏追逐"高原梦"

《西藏日报》记者　梁兰

　　2017年，张海鑫大学毕业后，放弃在北京的就业机会，来到西藏追逐"高原梦"。作为拉萨市尼木县吞巴镇的扶贫专干，他教农牧民群众如何做微商，怎样开网店，为吞巴镇吞普村妇女缝纫专业合作社生产的藏式服装设计、注册商标，提升产品的品牌价值。村民们说，是他的点子帮助村里把农产品卖出去，给村子带来希望。

放弃工作支援边疆　帮助老百姓成立合作社

　　26岁的张海鑫出生在青海。一次偶然的机会，他参加了拉萨市委组织部组织的关于人才引进的宣讲会，便产生了来西藏支援边疆的想法。于是，2017年夏天，他从北京城市学院工商管理专业毕业后，放弃了在北京的就业机会。"进藏之前只觉得西藏有着蓝天净土，人杰地灵。经过宣讲会上老师的介绍，才知道随着西藏的飞速发展，需要更多的青年人来建设。"张海鑫说。

张海鑫（左一）与当地群众在一起

　　当年8月份，他来到了魂牵梦绕的西藏。刚到吞巴镇的半年里他常因缺氧睡不着觉，体重下降了10多斤，整个人又瘦又黑。"来西藏之后才发现并没有之前想得那么容易，除了因高反整夜睡不着觉，在语言沟通方面也有非常大的障碍，当时内心非常苦恼。"张海鑫说，"但自己做的决定，再难也要坚持下来。"

　　为巩固脱贫成果，转变农牧民的消沉思想，张海鑫勇敢面对困难，并很快投入脱贫攻坚战场。2019年，在吞巴镇吞普村下乡期间，张海鑫了解到妇女缝纫合作社生产的产品在区内市场供不应求,但是由于藏式服装著名的品牌不多,民间藏装制作小作坊产品质量参差不齐等原因,藏装品牌市场相对空缺。合作社致富带头人虽然有着精湛的技艺,但因文化水平不高、品牌意识不强等,一直没有属于自己的商标。了解到合作社的发展瓶颈后,张海鑫为合作社生产加工的藏装设计、注册商标,提升产品的品牌形象。如今合作社商标已初步通过审批,各项运营正在逐渐规范。

张海鑫(右一)为当地群众出谋划策

在当地老百姓的眼中,张海鑫是个很有想法的人。吞普村妇女缝纫专业合作社负责人格列说:"他经常会出一些意想不到的好主意,帮助大家把产品卖出去。我们相信在他的帮助下,合作社会发展得越来越好。"该合作社注册成立以后,便快速发展壮大起来,短短几个月时间,从一开始的2台缝纫机发展到10台缝纫机,产品销路由尼木县城拓展到了拉萨市区,并辐射吞普村范围内的所有建档立卡贫困户,带动共计12户12人在家门口实现就业。

亲自上门销售　带动农牧民群众增收

尼木县吞巴镇的藏香、藏纸、雕刻技艺名声在外,被称为"尼木三绝"。有1300多年历史的吞巴镇藏香产业,至今是吞巴镇的支柱产业,全镇582户2657名农牧民群众中,从事藏香制作的有281户600余人。为了带动更多当地农牧民群众在家门口就业,张海鑫引导农牧民(尤其是建档立卡贫困户)参与到产业发展中来。目前,全镇共有12家合作社,其中藏香合作社有4家。2020年建档立卡贫困户群众参与到藏香合作社中的有22户,户均增收1万元以上。

2020年初,在得知可入驻消费扶贫平台后,张海鑫了解入驻要求及操作流程,亲自完成注册和产品申报上架工作,亲自带产品上门售卖,并通过电话、微信联系,实地走访销售等方式,积极与客户联系销售扶贫商品。截至去年11月份,他帮助吞巴镇藏香公司共计增加收入8万余元。

前段时间,吞巴镇为拓宽产品销路、增加群众收入,计划在尼木县举办电子商务培训班。"我学的专业是工商管理,且之前在一家中法合资的电子商务公司工作过,因此,我深知举办此次培训班的重要性。"张海鑫说。他在吞巴镇挑选合作社致富带头人和文化水平较高、接受能力强的青年人才进行了培训。通过培训,让之前不会、不了解网上销售和购物的农牧民逐渐学会、接受了"电子商务"这一销售方式。

张海鑫在大学学的专业知识有了用武之地,他教农牧民群众如何做微商,怎样在网上卖东西,不到一年的时间,千余名群众依靠互联网把产品卖到全国各地。

入户 600 多次　"造血式"产业扶贫效果显著

去年张海鑫还凭借自己在校学习经验,借助吞巴镇召开第九届吞弥文化旅游节的契机,组织全镇 4 家藏香、2 家妇女缝纫、1 家有机农业、1 家藏鸡养殖等合作社参加此次文化节展销活动,各合作社现场展位展销收入 8750 元。同时他积极联系淘宝平台、抖音平台各一位主播现场直播销售吞巴镇藏香,期间通过直播带货共计销售合作社藏香 43 盒,收入 4300 元。帮助一户建档立卡贫困户直播售卖 700 余捆藏香,直接收入 2800 元。此次直播带货也为吞巴镇今后的网上销售积攒了一定的经验,打下了良好的基础。

3 年多来,张海鑫入户 600 多次,带动镇上年轻人投身电子商务,"造血式"产业扶贫效果显著。数据显示,如今吞巴镇贫困群众每年人均可支配收入 16139.18 元,其中自创性收入占 94.44%。

"从校园到社会,在 3 年多的西藏扶贫工作中,我经历了很多困难,包括语言障碍、环境落差、饮食差异等,但我都坚持了下来。"张海鑫说,他工作以来体会最深的是西藏的风土人情,有音乐就可以随时随地跳起锅庄,有困难大家一起解决,当地人对待生活的态度深深感染着他,这也是他想扎根西藏的主要原因。

微语录

"自己做的决定,再难也要坚持下来。"——"90 后"大学生张海鑫

微评论

微信网友"谁说女子不如男":有此坚毅少年,吾辈之典范,吾辈之楷模。

微信网友"开始启动":我们有这样的"90 后"大学生,经历过大城市生活仍选择来到西藏,为西藏做贡献,点赞。

华雨辰

"武汉战疫全能志愿者"华雨辰

柔肩担责任,大爱谱青春。2020 年 1 月 23 日,武汉宣布关闭离汉通道,一场与新冠病毒肺炎的战斗拉开序幕。武汉市青山区钢花小学"90 后"音乐教师华雨辰当天就加入志愿服务的车队,成为一名青年志愿者,从此开始了她的"抗疫之战"。她的足迹遍布了武汉三镇的大街小巷。

疫情期间,她每天早出晚归,平均工作时间 10 小时左右。至今,她仍然奋战在自己的工作岗位上,用实际行动诠释"90 后"年轻一代的责任和担当。她的事迹先后被多家主流媒体报道,荣登武汉抗疫"巾帼英雄"榜,被誉为"最美教师""武汉最美志愿者""武汉战疫全能志愿者""凡人英雄""防疫战场上的螺丝钉"。

她是武汉战疫期间全能志愿者

《长江日报》记者　郭丽霞　通讯员　李维波

第一时间报名投身战疫

华雨辰一直关注着家乡武汉的新冠肺炎疫情动态。2020年1月23日,她得知青山区团委在招募志愿者,瞒着父母立即报了名。

刚开始,她主要是开车接送青山、武昌、汉口的医护人员上下班。近距离接触白衣天使,她深受感动。

一家医院的护士长上车前一步三回头,安慰丈夫说"我没事的",并嘱咐他要把家里的老人和孩子照顾好。一路上,她通过电话不断地协调科室人员的加班安排,声音都是嘶哑的。等候绿灯时,华雨辰偷偷地瞅了一下这位护士长,心想:"是什么让一个满身疲惫的人目光如此坚定?"从这些一线医护人员身上,她汲取到了更大的勇气和力量。

一次值守在寒风中站了8小时

1月25日,看到医护人员用车情况明显好转,华雨辰又申请加入了疫情防控志愿队,成为二七长江大桥上检测值守的一员,配合交警检测来往车辆司乘人员的体温。

因为要人人过关,车辆过检缓慢。大多数司机很配合,小部分司机有些着急,华雨辰也能理解,总是微笑着说一声"体温正常"。不少司乘人员主动向他们提供口罩和酒精,嘱咐他们多保重。

志愿者人手不够,好友王雪二话不说,从武昌赶去支援,陪华雨辰在寒风中值守。最长的一次

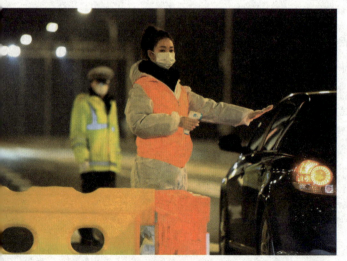

华雨辰在武汉长江大桥上对来往车辆中人员进行测温

值守,华雨辰在桥上站了 8 个小时。

口播给方舱医院患者带来温暖

值守检测体温的志愿工作结束后,华雨辰又来到位于武钢体育馆的青山方舱医院,成为一名播音员,用自己的播报给患者带来慰藉和温暖。

虽然不需要进入病房,但她的工作地点旁边就是医护人员更换防护服的地方。

"早、中、晚各播放 1 个小时广播,每小时当中有 10 至 15 分钟为播音员口播,其他时间为音乐播放。"华雨辰告诉《长江日报》记者,虽然播放广播时间不太长,但背后的信息筛选工作是海量的。2 月 14 日上午 7 时 30 分至 8 时 30 分第一次播放广播,她选择了新闻——"中国科学院院士透露,疫苗会很快运用到临床,有效的治疗药物也在进一步探索中",并分享了一首诗歌——《致今夜的武汉》。

华雨辰登记物资信息

华雨辰帮忙搬运抗疫物资

华雨辰帮忙运送蔬菜

　　大批的物资送到了武汉,又需要把它们分到不同的城区和社区,此时,华雨辰和她的志愿者伙伴们又成了装卸物资的搬运工。没有固定时间,物资一到,电话一来,只要不是值岗时间,她都会赶到指定的集结地点,加入装卸大军中。50 斤一袋的大米,40 斤一箱的水果,20 斤一个的冬瓜,她用自己纤弱的身体,肩扛手拿,一趟又一趟。这都是来自全国各地人民的拳拳心意,她于辛苦中有一股使不完的力量。她和伙伴们相互鼓励,加油打气,少时一车两车,多时七车八车,最多的时候一次性卸了 100 多吨的蔬菜。为了尽快把这些物资送到需要的人手里,他们赶时间、赶进度,连续奋战。累了,坐在地上喘口气,饿了端起盒饭在路边快快扒光充饥,直到把所有的物资装卸完毕。

　　和大多数志愿者一样,为了避免家人担心,刚开始华雨辰对父母隐瞒了做志愿者的工作。她是独生子女,现在还和父母住在一起。每天工作完毕,回家时拖着疲惫的身躯,还怀揣着一颗纠结、内疚的心,生怕把病毒带回家里。所以,每次进门前,她总是把自己的消毒防疫做到最细最好。后来,父母知道了,从不理解到理解,最后给予支持,这也使得华雨辰更加坚定信念,更加义无反顾地投身到志愿者的工作中去。她用自己的实际行动告诉天下父母,一直被你们呵护的、一直被你们放心不下的"90 后"孩子们长大了,他们有担当、有作为,值得信赖!

微语录

　　"作为武汉的年轻人,我也想为抗疫做点什么来保卫家乡。所以我出来当一名志愿者,哪里需要去哪里,做再微小的事,只要被需要,都是在贡献自己的一份力量。"——华雨辰

微评论

　　微信网友"天才少女莉拉":感动我们、感动中国的每一名志愿者,都是一面旗帜,是一个标杆。

　　微信网友"洗洗洗刷刷":我们每一个人,都应变感动为力量,化感悟为行动,自觉向榜样学习,向先进看齐,担起建设美丽中国的重任,实现民族伟大复兴的梦想。

"抗疫硬汉"李俊岭

"抗疫硬汉"李俊岭

　　李俊岭是岭俊救援队的队长,疫情突袭,他顶着家庭的压力,带着队员开着救援车投入湖北疫情防控工作。疫情期间,他们每天要工作十四五个小时。雷神山医院交付使用前一天,他们赴施工现场进行消杀作业,并对其他消杀工作人员进行培训。

岭俊，赴湖北专杀病毒的天津志愿救援队

海河传媒中心记者　彭俊勇

雷神山，我们来了

2020年2月4日晚，在湖北孝感，岭俊救援队队长、48岁的天津汉子李俊岭接到了一个紧急求助电话："我是中建三局雷神山医院建设指挥部，这里需要进行消杀，请你们马上过来！"

当时，队伍正在孝感进行消杀作业，接到电话，救援队决定马上开拔，前往武汉。

彼时的雷神山医院，正处在建设的最关键时刻，全国几千万人盯着手机，实时观看

岭俊救援队

工程建设的"云直播"。几千名来自全国各地的建设者们夜以继日地抢建医院。

　　来到现场，看着繁忙紧张的建设场面，救援队员们都觉得压力很大。建设工地、办公场所、食堂、工人宿舍、施工出入口、往来车辆……他们需要对每一个人流密集区域进行全面消杀。

　　建筑工地现场情况复杂，李俊岭和队员们采用了立体化消杀模式。地面上，就地取材，用砖头和塑料布围成小池子，里面放上消毒剂，人员走过之后就完成了脚底消毒；中间，接通水管进行手部消毒；头顶上，用弥雾机进行空间喷雾消毒。

　　"我们不仅要进行消杀工作，还要教相关人员学会消杀药液的配比和设备使用。"救援队在雷神山医院的作业面积达 4 万平方米，同时向雷神山医院指挥部移交 50 台弥雾机、5 吨氯片。

马不停蹄，转战湖北

　　"我们要交给武汉人民一个洁净的体育馆。"3 月 1 日，救援队接手了对洪山体育馆

岭俊救援队进行消杀工作

武昌方舱医院进行消杀的任务。

随着出院人数逐渐增多,武昌方舱医院地下方舱内的病人陆续搬到楼上,地下区域腾空之后,消杀工作要及时跟进。

方舱门外,岭俊救援队中三名党员主动请缨:"要进红区我们先上。"但另外三名队友没有同意:"我们是一个团队,一个整体,我们一起上!"队员们最终一起进入方舱医院,进行消杀作业。这一天,也是岭俊救援队从天津出发的第35天。

出发的时候,李俊岭和队员们没有想到这一次会离开家这么久。1月27日大年初三,天津蓟州,李俊岭接到了中国红十字基金会的招募通知,需要队员们奔赴湖北疫情一线。没有任何犹豫,岭俊公益救援中心的防疫消杀志愿者们驾车奔赴湖北。

当时,疫情蔓延,各地纷纷发布重大突发公共卫生事件一级响应,对于疫情的具体情况,李俊岭和队员们没有太多的了解,高速公路上稀疏的车辆提醒着大家形势的严峻,队伍离湖北越近,大家感觉氛围越紧张。

对于经历过无数救援行动的岭俊救援队来说,灾难发生在哪里,队员们的身影就会出现在哪里。

外地防疫消杀,湖北之行并不是岭俊的第一次。2019年9月,江西一些地区发生登革热疫情,救援队就曾经深入当地进行消杀工作。

按照红十字基金会的指令,救援队在1月29日直接来到了疫情最严重的城市之一——湖北黄冈。在黄冈,救援队除了进行消杀工作,还要发放200吨的消杀物资和几百台弥雾机以及教授接收方如何使用这些物资和机器。

在黄冈,队员们每天搬运30多吨的防疫消杀物资,背负几十斤重的防疫消杀药水行走在各个社区,开展防疫消杀工作,长时间作业,沉重的药水箱勒肿了他们的双肩。

"2到3天时间里,我们几乎走遍了黄冈的所有区县。"

在黄冈期间,救援队在黄冈市英山、罗田、武穴、黄梅、蕲春5个市、县开展防疫消杀培训,培训了70余人。截至2月15日,救援队向黄冈市红十字会移交消毒剂30吨、84消毒液124吨、消毒粉30吨、弥雾机300台、消毒洗手液8928瓶。

这些曾经见过各种灾难场面的汉子,面对疫情也不由得紧张。"你不知道你的敌人是谁,在哪里,只能时刻提醒自己要加倍小心。"作为队长,李俊岭还要想着队员的安全问题,"大家怎么来的就要怎么回到天津,绝不能有一个人感染!"

消杀工作紧张忙碌,队员们先后到达过黄冈、孝感、宜昌、荆州、武汉,这些都是疫情严重的城市。

中国红十字基金会统计显示,半个月时间,岭俊公益救援中心和其他救援队伍在湖北6个城市,防疫消杀面积超过244万平方米,日均运送发放消杀物资200吨。

岭俊救援队在武汉抗疫

他们用"吵架"来减压

救援队转战武汉之后,把驻地安在了武昌火车站附近,队员们每天承担运送物资、场所消杀、联系救助等工作,将时间塞得满满的。

因为条件限制,队员们需要自己买菜做饭。2 月 28 日晚 10 时,队员们正在做饭,一个求助电话打来:一辆物资车在行驶中出现故障,车上装载着送往武汉市第九人民医院的 10 箱 500 套防护服,需要支援。出发!挂断电话,李俊岭和队员奔入夜幕之中。

从 1 月 27 日出发算起到 3 月 2 日,救援队员们几乎没有睡过一宿安稳觉。疲倦、想家,加上病毒带来的危险,每个人都压力很大。就在 2 月末的一天,李俊岭和队员"吵"了起来。"你们觉得领队好当是吧?那明天轮流当!""当就当,我做领队那咱明天就回家!""行,你是领队听你的,明天你就去申请回家!""回就回!"吵完之后,李俊岭偷偷地乐了,队员也乐了——这个时候是没人真想打退堂鼓的,但压力需要释放。"让大家把心理压力发泄出来就好了。"

作为民间救援队伍,岭俊的成员都是普通人。

李俊岭本人,早年经营服装厂,曾是当地远近闻名的富人,但几年前一场大火几乎将工厂烧光,努力重建之后规模比原来小得多。

队员韩宝柱,蓟州区穿芳峪镇英歌寨村党员,从事养鸡行业。媳妇一个人在家,疫情期间交通不畅,鸡蛋卖不出去,当地的志愿者了解情况后,帮着将鸡蛋卖了出去。

队员孙红彬,在蓟州区做牛羊肉生意,小店已经有一段时间未能营业。

队员岳中华,家在河北省遵化市,平时以水暖安装和种地为生。年前已经备下10吨化肥用于种地,但现在人在武汉,归期难定,即使回去也要隔离。临出发前的晚上,岳中华和家人聊至深夜,84岁的老父亲虽然担心,但仍支持他到湖北去:"总要有人去的,你有能力去是光荣的事儿!"

但岳中华没料到实际情况比他预想的严重得多。"有一天我回来之后一宿没睡,抽了15根烟,想家,也想我的小日子。但是做志愿者这几年,感悟最多的就是舍、予之间的关系,有句老话说得好,'福虽未至,祸已远离'。"第二天,岳中华照常起来去分发物资、进行消杀培训工作。

李俊岭(左一)在雷神山医院部署消杀工作

队员赵烽源,在天津北辰区的建筑工地承包了一些活计,现在工地开工,自己却不知道哪天可以回去,只能将业务交给朋友去打理。

队员王鸿运,蓟州区人,在武汉工作,2月5日加入岭俊后,一直跟随着队伍奔波在武汉的各个场地……

来湖北的一个多月,队员们无数次被感动:车辆行驶途中发生故障,卖配件的师傅死活都不肯收费,只是要了一枚救援队徽章;在天津医疗队驻地,下班护士说了一句:"我见过你们,吃饭了没有?"武汉当地聋哑人群体收到救援队运送的物资后,用文字表达了感谢……

在湖北期间,队员们每天6时起床,7时出发,天黑结束一天的救援工作。36天时间,救援队员们见证了疫情从异常严峻到逐渐向好的变化。

岭俊救援队是非营利纯公益志愿者团队,在河北省遵化市民政局注册,常驻地为天津市蓟州区,创建人李俊岭和主要人员来自天津市蓟州区以及河北省遵化市。2016年7月筹建成立,专注于消防救援、国内自然灾害救援、水域救援、山地救援,以及社区、学校防灾减灾培训等。有固定救援人员60多人,志愿者1500多人。成立至今,参加了全国范围内大大小小的灾难救援600余起。

微语录

"你不知道你的敌人是谁,在哪里,只能时刻提醒自己要加倍小心。大家怎么来的就要怎么回到天津,绝不能有一个感染!"——岭俊救援队队长李俊岭

微评论

微信网友"北极以北":致敬奋战在一线的"逆行者们",疫情无情,人间有爱!

微信网友"鑫茂":岁月静好,真的是因为背后有一群人默默做着负重前行的事,谢谢你们。

"中国网事·感动2020"

提名者

"青春绽放飞地的萌娃村干部"肖蕊奉

　　离城40公里的五华飞地瓦恭社区，地处偏僻，道路崎岖，居民居住分散，整体经济水平远落后于城区及街道其他社区。大家都不愿意去那么远、那么艰苦、那么贫穷的山区，柔柔弱弱、满脸稚气的"90后"肖蕊奉没有退却，她扎根基层，以青春力量描绘美好乡村，成为村民贴心的"萌娃"村干部。

　　任职4年多，1000多个日夜，她与村民同吃同住同劳动，发挥年轻优势、个人特长，"萌娃"村干部在飞地奉献青春力量，开课辅导孩子，做电商卖土特产，写村歌进行乡土文化宣传，成为村民的贴心人。

昆明社区：大学生村干部课堂的新年礼物

《昆明日报》全媒体记者　王恩国　陈燕　新华网　张郁桐(实习)整理

　　曾经有人看着肖蕊奉40来公斤的"小身板"和她打赌，赌她不能一口气扛起5袋大米。

　　然而对方输了。

　　能扛大米本不算什么大本事，但一个"90后萌娃"村干部，帮助村民开辟了电商渠道销售农特产品，自己还能手提肩扛，这就是本事。她放弃留学的机会和优渥的生活，到主城区几十公里外的山沟里当起了大学生村干部，而且一干就是3年多。

　　五华区西翥街道瓦恭社区大学生村干部肖蕊奉的春节，既和往年一样，又不一样。天才蒙蒙亮，肖蕊奉就来到社区广场忙前忙后，布置迎新春文艺演出会场。

　　没等欣赏节目，她就回到了社区红色电商服务站，整理货物。她的手机一直在嘀嘀作响——这些跳动的音符，是乡亲们的春节能够更丰裕的保障。

　　瓦恭社区交通不便，为了拓宽村民们增收致富的渠道，社区党总支协助肖蕊奉开办了红色电商平台,利用线上线下结合的模式,将土地里的农产品卖到全国各地。她自己也"白天当村干部,晚上就变身'店小二'在网上推销"。

效果是明显的——自从与社区电商平台合作后,春城慧生活超市经常会派人到农户家里收购蔬果。临近春节,红色电商服务站的订单每天都爆满,大家每天都要忙到天黑。但看着一车车的年货被运走,"就觉得我们这么做很有价值"。

当然,小肖可不只会"直播带货",在孩子们眼里,她还是温柔又认真的"肖老师"。下午两点,一群八九岁的娃娃就聚在社区门口了——这些孩子都是"大学生村干部睿锐课堂"的学生,每到周末和节假日,社区"第二课堂"就充满了孩子们的欢声笑语。

拿出卡纸,肖蕊奉开始带着孩子们做新年贺卡。"老师,这个送你。"一个小男孩拉了拉她的衣角,扭扭捏捏地把写有"肖老师,新春快乐!"的贺卡塞给了她。课上完了,肖蕊奉像往常一样拉起6岁的张雅洁说:"走吧,姐姐送你回家!"孩子并没有注意到,一件小红裙子已悄悄躺在了自己的书包里。"她的父母都不在了,只有外婆外公在照顾她……"说完这句话,肖蕊奉沉默了好一会儿。

带着对社区未成年人深深的牵挂和关爱,肖蕊奉等瓦恭社区大学生村干部在春节期间继续入户走访慰问困难家庭、单亲家庭、留守家庭的孩子。这些孩子有的来自低收入户或低保户,家庭生活十分困难;有的父母常年在外打工,常常独自一人在家。村干部深入学生家中,与他们唠家常,了解孩子们的情况,送上节日的问候与慰问品,并鼓励孩子们树立生活信心,保持积极向上的学习态度,努力成长为对国家和社会有用的人才。

作为社区党总支副书记,肖蕊奉还主动承担起了走访慰问居民、为行动不便或家住太远的老党员们送课上门的任务。时间一长,村里有几位党员,家住哪里,她都记得清清楚楚。从这家到那家,从村东到村西,肖蕊奉和同事们就这样奔走在村里,几乎没有片刻停歇。

日头偏西,其他同事都准备回家休息了,肖蕊奉还在办公室敲打着电脑键盘。"白天工作忙,电商平台营销文案、社区工作总结、党务文件这些只能晚上整理。"直至夜色渐浓,这个旋转了一天的"陀螺"才定下来。

每逢佳节倍思亲。对肖蕊奉来说,瓦恭社区已经成为她的"第二故乡"。虽然离家几百公里,但是因为有了乡亲们的陪伴,她在新春佳节到来之际,也愿意扎根瓦恭、默默奉献,这是一名基层工作者的责任,也是一个共产党员的初心。

微语录

"就觉得我们这么做很有价值。"——大学生村干部肖蕊奉

微评论

微信网友"清北不是梦":有理想,有抱负,这就是新时代的大学生。

微信网友"鹏鹏妈":小姑娘真不容易,肩能扛,手能提,脑子活络还细心负责。

"隔离区的大管家"容从俊

从 2020 年大年二十九开始，容从俊放弃春节假期，主动请缨在医学隔离区 24 小时负责武汉人员、密切接触者及境外疫区归国人员的心理疏导、接收安置、代买代办等服务，手背因频繁接触酒精而开裂出血，每天零零散散最多只能睡四五个小时，连续 46 天没回过家。

容从俊是星沙街道卫健办主任，在新冠肺炎防控期间兼任医学隔离点临时党支部书记。

"隔离区的大管家" 容从俊

长沙观察

"难怪不让我回单位，不知不觉原来真成'毒王'了，活了 30 多岁都没有干裂过的手背，最近居然冒黑血了……"

手？手！手……

一早起来，长沙观察的朋友圈多了这么一条消息，查了一下发布时间，是 2 月 17 日 23:12 分。

手是人的第二张脸。实话实说，这双手确实有点惨不忍睹。

朋友圈是长沙县星沙街道卫健办主任容从俊发的，记者半个月前采访他的时候，他的手还没有异样。

容从俊老家在离长沙 500 多公里的永州市道县，从 2020 年腊月二十九开始，他放弃回家探亲休息的机会，主动请缨，负责星沙街道华天精选松雅湖酒店集中隔离医学安置点工作，还当了安置点临时党支部书记，至今已连续忙碌了 29 天。

消息一发，容从俊的朋友圈顿时就炸了锅。

有慰问的。

有震惊的。

有人分析原因。

有人表示要送护手霜。

到底为何在湿润的南方也出现了皮肤皲裂呢？

容从俊告诉朋友们，主要是双手喷酒精消毒的次数太多了。有人要他戴橡胶手套，他统一回复：如果戴着橡胶手套的话，没办法拍照、接打电话和发工作信息……医护人员可以一心一意参加诊治，隔离点工作人员要联系、协调、报表、迎检，还要随时随地注意防护！

总之，戴橡胶手套就没法工作了。

我是"毒王"？

容从俊告诉记者，目前华天精选酒店医学隔离观察点入住湖北人员、密切接触者及相关人员共计 117 人，其中包括从武汉一线采访回长沙的记者、建设雷神山和火神山医院的工人、蓝天救援队支援武汉回来的志愿者等。

前不久，这里发现一名确诊病例，目前在长沙县一家医院治疗。记者曾在酒店大堂采访，没去楼上的隔离区、半隔离区。现在回想起来，还真有些后怕。

2020 年 1 月 30 日凌晨 01:00，在隔离点大厅沙发上打盹的容从俊被一阵急促的电话铃声惊醒。

"容主任，又有 6 个未满 14 天隔离期的密切接触者要强行离开！麻烦您赶快来一下！"

他对凌晨一两点遇到突发情况已经习以为常，家在星沙但因为密切接触被集中隔离的人员中，有的想趁工作人员休息时偷偷溜走。

容从俊从沙发上跳下来，利索地穿上防护服，冲过清洁区、半隔离区、隔离通道到达隔离房间，开始做思想工作。

"让你在这里开展医学观察，并不是隔离你，主要是为你的健康考虑。"

"如果你没有携带病毒，免费吃住开展健康观察 14 天后，卸下心理负担就可以轻松回家了；万一出现了症状，及时就医治疗肯定能更快地恢复健康啊。"

"在这里集中隔离开展医学观察，都是为了你和你家人的健康，如果你身上携带了病毒，传染给家里人怎么办呢？"

容从俊用戴手套的手拍着留观人员的肩膀耐心开导，设身处地讲道理，讲聚集感染的真实案例，讲《传染病防治法》……

对方慢慢地平静下来,上床睡觉去了。

此时,虽然气温接近零度,但容从俊已经满身是汗。

登记身份信息、填表、体温检测、心理疏导……经常近距离接触医学观察对象,容从俊不得不格外小心,所幸至今一切正常,他的核酸检测结果为阴性。

不过,有的同事还是称他为"毒王",不敢让他回单位,拿防护服也不行。

对于这一切,容从俊表示理解:"在酒店免费吃喝,多好!"

酒店十二时辰

作为隔离观察点的负责人和临时党支部书记,容从俊每天都在忙些什么呢?
来看看他的工作日志。

00:00

软硬兼施劝解深夜压抑想要离开的留观人员。

02:00

留观人员突发发热情况处置。

04:00

无法开空调,湿冷投诉及其他突发情况处置。

06:00

整理前一天入住情况,核对各类表格上交;制订当天工作规划。

08:00

逐个房间联系留观人员,组织医护人员开展留观人员医学健康观察及组织派送早餐。

10:00

组织开展消毒,空置房间统一布草更换,填报湖北(武汉)返长人员详细情况摸底表(40 余项内容,向不同要求的多个部门分别上报)、医学隔离酒店入住情况表(报公安部门)、医学观察酒店日报表(报防控指挥部)。

其间,接受指挥部不定时指令,办理入住、满 14 天人员劝离、体温异常情况处理等。

12:00

相关症状人员协商视频会议(核酸检测情况、肺部 CT 照片情况、流行病学调查、出行轨迹及停留武汉情况)。

14:00

对符合送医条件人员进行心理疏导、上报指挥部、联络医护及救护车。

16:00

整理各类入住手续、满 14 天人员劝离及各类代买代办服务,组织房间消毒及空置房间布草更换。

18:00

隔离点临时党支部微信视频会议,整理归纳及安排次日工作。

20:00

与相关留观人员微信视频聊天及开展心理疏导。

22:00

整理入住手续、解除医学隔离手续及各类报表核对。

以上是每天大致工作情况,但实际上,入住及突发情况处理不分昼夜、不分时段、不分场合……

忙得像个陀螺,容从俊每天只能断断续续、零零碎碎睡四五个小时。

不得不佩服容从俊充沛的精力。也许是责任和担当,让他"铆起"(武汉方言,意思是挺住和坚持)。

微语录

"难怪不让我回单位,不知不觉原来真成'毒王'了,活了 30 多岁都没有干裂过的手背,最近居然冒黑血了……"——星沙街道卫健办主任容从俊

微评论

微信网友"堂堂正正糖糖":平时,也许就是擦肩而过的路人,此刻,他们都是我们心中的英雄。

微信网友"王晓晓 @256d":大爱无言,大勇无声,祝福好人一生平安,每天都是阳光灿烂的好日子。

"带伤抗疫的女支书"邝素珍

2020年除夕前一天，女支书邝素珍在走访慰问孤寡老人返回途中因车祸受伤，她为了疫情防控，带着伤每天及时走访居家隔离人员，进村入户，开展摸底调查，除了"村村响"常规宣传方式以外，还采用敲锣打鼓等接地气的宣传方式，全面普及疫情防控知识；为了支援全县的疫情防控，她发出"向一线工作者赠送蔬菜"的倡议，组织村民采摘了50多吨油菜，送到一线防控工作人员的手中；元宵节前，她个人为抗疫捐款捐物3万多元，自己掏钱为居家隔离群众送上"暖心包"(1只鸡、2斤猪肉、5斤蔬菜)80多份；为了保障企业复工复产，她安排车辆送140多人到宜章工业园应聘，实现100余人就业，引导300余人复工就业。

村民心中的最美支书

——记宜章龙村支书邝素珍

湖南新闻网记者　陈星　刘继鹏

坐落在湖南宜章县骑田岭南麓的龙村瑶族村，曾是县内有名的软弱涣散村、信访村、贫困村。村支两委换届一年多时间里，在村支书邝素珍的带领下，龙村一跃成了脱贫攻坚样板村、洁净乡村示范点、基层党建先进村。

如今，看着整洁的马路、干净明亮的小洋房、美丽的龙溪河、生机盎然的农田，龙村老党员李玉清不禁感慨："越来越美了，国家政策好，村班子也很团结，我们的美女支书邝素珍上来后，村里变化就是大。"

临危受命,小小肩膀挑重担

龙村是宜章县梅田镇第二大村、民族混居第一大村,是由原龙村、水楼下村、荷叶塘村三村合并而成的。合村前,水楼下村是软弱涣散村、全镇经济最薄弱村,荷叶塘村是全县有名的信访村;合村后,村内事情多,经费少,村干部不满意,村民有怨气,三天两头组织上访。

人心散,治安乱,环境差,土地乱圈乱占,违建成风,村委会瘫痪,龙村这块"硬骨头"如何下口,可让镇领导犯了难。2017年村支两委换届选举,邝素珍脱颖而出,临危受命,担任龙村支部书记。2002年以来一直任村计生专干的她,不仅政治能力强,还有着优秀的群众基础。梅田镇党委书记贺龙跃多次鼓励她说:"在'两推一选'中,你高票获推荐、满票当选,绝对没有问题,要相信党委、政府,相信自己,相信群众。"

一上任,废弃矿山复垦耕地就成了摆在邝素珍面前的头等大事,时间紧、任务重、要求高、纠纷多,政府要求强拆,没钱补还要保证不出事。当时,这些矿山因长期废弃,村民占地建猪场、牛场,拆违难度非常大。为了调解土地纠纷,她挨家挨户做思想工作,将矛盾解决。在施工时,她实行"挂图作战、限期完工",专门派出村干部和村中有威望的人驻地指挥施工,及时解决现场施工阻力。实在不能解决的,她有时来回跑五六次到施工现场调解问题,使一些突出的矛盾"不打结、不隔夜"。这样既赢得了民心,也让龙村在全县开展的土地增减挂钩工作做到行动最快、面积最大、效果最好,确保了村民无异议、无后遗问题。而原计划用6个月完成的土地增减任务只用了3个月,龙村成了全县第一个提前完成土地增减挂钩的村,对此,县国土局还特别奖励龙村10万元。

重担在身,邝素珍的生活越来越单调,工作就是生活,生活就是工作。"那时候是真辛苦,每天忙到晚上十一二点,第二天早上6点,邝支书就给我们打电话让我们到村委开会,每天都是这样,周末都没得休息,大年三十晚上8点了我们还在村委开会。"县农业局驻龙村扶贫队队长回忆道。

治理龙村,勇于带头打硬仗

解决了土地问题,邝素珍又将目标对准了龙村的环境治理,以洁净乡村为突破点,建设生态宜居环境。

一是推进旱厕革命。邝素珍带着村干部,挨家挨户做思想工作,讲清"拆旱厕,修公厕,建游园"的好处,破除阻力,全村共拆除旱厕293座,新建公厕18个,添置垃圾桶600多个,每个组配备保洁员,极大地改变了过去环境脏兮兮、旱厕臭烘烘的农村旧貌。

曾经是村里"脏乱差"典型的高家巷,如今成了村民休憩娱乐的好场所——垃圾堆变成了篮球场,废弃的煤场变成了运动场,空心房拆除变成了停车场,臭水塘清淤后也变成了"活水致富塘",村里集中的 69 个旱厕被拆除,建成了一个 100 余平方米的村级小游园,并配套建了一座公厕、一个凉亭,添置了多种健身器材。

二是推进河道综合治理。曾经的龙溪河,河两岸垃圾堆积如山,蝇虫乱飞,河水又黑又臭,河里全是采煤留下的煤矸石。2020 年 2 月份,邝素珍组织对龙溪河开展拆违、治污、护岸、河道治理、绿道建设和休闲观光打造等"六位一体"的河道连片综合整治行动。先请来了 5 辆垃圾车,用 5 天时间运走垃圾 100 余车,又请来县农业开发办整治河道,投入 269 万元,通过清淤疏浚、清障拆除、水系连通、生态修复、岸坡整治等工程措施,整治龙溪河河道 800 米,清淤疏浚 1400 米,整治岸坡 2800 米,建设游道 700 米,促使河道功能基本恢复,水环境明显改善。

现在的龙溪河,河畅,水清,岸绿,景美。两岸花草乔木错落有致,游步道、文化长廊、凉亭,布局合理、亮丽。市领导慕名来到龙溪河边漫步时高兴地说:"住在这里比住在城市还舒服哩!"

为长效保障"洁净乡村",村委会专门制定了环境卫生"黑名单",实行门前三包,每周开展卫生检查、评比活动,对卫生搞得差的,先到村民家打招呼,三次上门后卫生整改不到位的,将进入村委会"黑名单",公布上墙,对搞得好的,通报表扬,大力营造了"龙村环境人人护"的良好氛围。

脱贫攻坚,一心为民谋发展

从群众中来,回到群众中去。邝素珍一直致力于为贫困户排忧解难。国家扶贫政策出台后,她更是将扶贫作为重要抓手,走访村内、邻村贫困户,向他们宣讲国家扶贫政策;落实危房改造、易地扶贫搬迁,垫资借钱给贫困户建新房;资助因病致贫、因学致贫贫困户等。

在脱贫攻坚战线坚守多年,邝素珍对于"扶贫"二字的理解也从抽象逐渐变得具体,具体到一个人、一件事。

高家巷 3 组的黄丹一家,家中 3 人残疾,生活艰辛,2017 年家中又有人出车祸,肇事司机逃逸,使这个家庭的状况雪上加霜。邝素珍知晓后,自己掏腰包,经常几千几百地资助她家,给黄丹一家人做心理辅导,给他们生活的信心。

15 组的刘娣艳一家,原来住在山中的泥瓦房中,生活条件差。2012 年,村里有一个危房改造的指标分给她家,但房子砌好,盖水泥板时就没有钱了。正当一家人为钱发愁时,邝素珍下乡路过他们家,了解到这一困难后,垫款帮他们修建新房,让他们能搬离大山,住进新房。

担任村支书后,邝素珍更加重视村经济发展。为壮大村集体经济,她经常与驻村工作队队长陈晓章一起探讨龙村产业发展事业,精心制定产业发展规划,走出一条从地下"黑色经济"转变为地上"绿色经济"的新路子:

第一,大力鼓励和发动村民发展种养植(殖)业,水楼下村流转山地种植脐橙600亩;开展建房、电子、电子商务等技能培训,让村民学会一门技术,加快脱贫致富。

第二,做通村民思想工作,把龙村公路和龙溪河两岸的635亩荒田流转出来承包给北湖区某企业,这不仅促进了贫困户在家门口就业增收,村委会每年还可以收入8万元流转土地管理费。2020年冬季,村委会还可以"借鸡生蛋",村集体投资五六万元,利用暂时闲置的流转土地种一季油菜,既可为贫困户提供就业岗位,还可为村集体创收。

第三,积极配合在全县开展的土地增减挂钩项目,把荷叶塘村废弃矿山建设成标准化农田205亩。现在,荷叶塘村205亩废弃矿山"变废为宝",成了标准的农田,承包出去后种上了水稻,并放养100余头藏香猪于稻田山岭之间,使之成为纯天然的"绿色香猪",市场前景非常可观。

10月,在龙村精准扶贫大宣讲暨知识抢答赛上,前来参会的老人说道:"邝支书工作负责,又关心我们,什么都好,是我们心中最美的支书。"

"邝素珍这个人,敢想敢做有魄力,上接天气,下接地气,推她做龙村支部书记,是我们最正确的选择。"贺龙跃会后如是评价。

微语录

"疫情就是命令,我是一名老党员,他们在一线战斗,关键时刻,我必须带头为他们做好后勤保障。只要疫情没结束,只要地里有菜,我们会一直送下去"。——宜章龙村支书邝素珍

微评论

微信网友"汽车飞上天":大公无私的村支书,为了大家顾不得自己的健康,致敬。

微信网友"小武":在平日里党员似乎很平凡、很普通,甚至普通得有些看不出来。但在关键节点、危险时刻,许许多多的党员总能处在第一线,冲在最前面。

"药袋哥"丰枫

　　2020年2月25日，一张照片在网络上走红，主人公是一名普通的社区网格员，他的身上挂着大大小小近百份药袋，每天和社区其他工作人员一起给社区居民代购药品，解决居民们买药难的问题。他被网友们亲切地称为"药袋哥"。

　　"药袋哥"名叫丰枫，是武汉市江岸区后湖街道惠民苑社区网格员。疫情防控期间，武汉各小区实行封闭管理，居民买药成为大难题，他每日奔波于街头巷尾，为居民代购药品，药多得箱子装不下。2月24日，丰枫要拿的药有近100份，带去的箱子装不下所有药物，便索性将其中小份的药，串成两串挂在自己身上，他的照片被随行的志愿者拍下上传网络。一时间，"药袋哥"的名号不胫而走。

　　这只是丰枫在疫情期间普通的一天。他是一个平凡的网格员，但他用自己的肩膀，为居民撑起了一片天。他身上的药袋，满载的是病人的希望、家庭的寄托、居民的需求。他是社区基层工作者的缩影，是无畏风险的守门人，是服务群众的贴心人，是坚守岗位的逆行者，也是守护生命的摆渡人。

武汉"药袋哥"火了，他到底是个什么样的人？

新闻联播

　　丰枫是武汉一名社区网格员，疫情发生以来，他负责帮助社区居民代买药品。不久前，他身披"药袋"的照片在朋友圈"刷屏"，这个不惑之年的男人走进了众人的视线。

每次为 50 至 60 人买药 药袋链串起来像鞭炮一样

丰枫每次要为 50 至 60 位患者买药,箱子装不下,他就想出了把数十个药袋子串在一起的办法。慢慢地,丰枫也总结出了门道,"药链别串大的,别串满的,串那种比较小的,轻一点的"。最终串起来的药链跟鞭炮似的。

办事脾气急 开药不马虎

丰枫是个急脾气,面对镜头,他丝毫不掩饰自己的急脾气。社区居民排队登记,他认真记录,生怕弄错了。但有插队的居民,他当即大声喝止。用丰枫自己的话说,"有时也想控制,可脾气一上来就又急了"。

他在社区登记时风风火火的"急脾气",到了药店却变成另外一副模样。在武汉市黄石路的汉口大药房,丰枫耐心地排队开药,开药单、社保卡、药品名称、用药剂量、生产日期……丰枫一直细心记录,这回他没有着急,只是念叨着:"能开到药就好! 能开到药就好! "

优惠政策"一个也不能少"

丰枫告诉记者,疫情发生后,他主动找领导提出要帮助居民开药,特别是患有重症的居民,"他们的药是绝对不能断的"。他现在服务的这个社区有 6000 多户居民,而他平时服务的辖区只有 1000 多户居民。

在这些居民中,享受国家重症医疗优惠政策的居民有近 1000 户,无法享受国家重症医疗优惠政策的居民也可以享受医疗保险,这部分居民大约有 1500 户。因此,丰枫不仅要尽量为居民开到药,还要尽量让居民每一次开药都能够享受到这些优惠政策。

要带的药每天都不少,丰枫常常要面临各种状况,偏胖的他每天小跑着前往药房开药的样子,让人有些动容。丰枫脾气急,但办事情不马虎,那么多居民等着吃药,他一天也没耽搁。在他看来,"嚷归嚷,做归做"!

微语录

"能开到药就好! 能开到药就好! "——"药袋哥"丰枫

微评论

微信网友"一百零八将":"药袋哥"用平凡的大能量感动了每一个国人。

　　微信网友"江湖儿女"：对于我们绝大多数人来说，可能没什么轰轰烈烈的事迹，也没什么惊心动魄的故事，更没什么气贯长虹的壮举，终其一生可能只是在普通岗位上兢兢业业，刻苦钻研，勤劳工作，无私奉献。然而，即使是这样的平凡付出，同样能够汇集起感动的力量。

逆行武汉传递"正能量"的郑能量

郑能量,27岁,人如其名,在郑能量的世界里,满满的都是正能量。面对来势汹汹的新冠肺炎疫情,病毒无情人有情,当一些人想方设法逃离武汉时,1月25日下午,他毅然驾车前往已经封城的武汉,默默地在朋友圈立下"生死状":"忠孝自古难全。"冒雨开车4个多小时,驱驰300多公里,正月初一(1月25日)19时38分,他站在了清冷的武汉街头。

逆行的郑能量:带给武汉满满正能量
而郑能量说,他是来报恩的

中央广播电视总台中国交通广播记者　白邺

郑能量,一个"90后",用自己危难时刻逆行武汉的善举,诠释着一个普通湖南国企员工的责任和担当,赢得了大家的认可和赞誉。

湖南建工集团党委根据其在抗疫一线的英勇表现和个人入党志愿,日前决定推荐其火线入党。

"逆险而行的你是我心里最明媚的阳光,只希望这次疫情能早点结束,你能早日安全归来,我别无所求。"这是郑能量最爱的人高秋兰在湖南对他的牵挂。

——

武汉,一座英雄的城市。但就在2020年庚子鼠年春节之前,武汉突然陷入了空前的危机。

因为新型冠状病毒肺炎的疫情肆虐,1月23日凌晨,离汉通道关闭后,这座有着无限光荣与梦想的城市,陷入了"封城"的困境。

仿佛按下暂停键,武汉这座人口千万的城市,突然停了下来、静了下来。时间停滞,但人没停滞、病没停滞,一场空前的抗疫战斗,就在农历新年的前夜打响了。

郑能量,27 岁,一位长沙小哥,一名湖南建工集团华东工程局安徽分公司的普通工作人员,他的思想战斗也在那天打响了。他迎来了几个不眠之夜。人如其名,在郑能量的世界里,满满的都是正能量。

病毒无情人有情,面对来势汹汹的新冠肺炎疫情,当一些人想方设法逃离武汉时,郑能量则陷入了空前的不安。"我能帮武汉做点什么呢?"他非常揪心。

1 月 25 日,大年初一早上,天空下着小雨,郑能量在宁乡老家的院子里冒雨站了蛮久,好像在考虑些什么。"然后抱了我一下就走了。"郑能量的父亲郑建华说,"如果我知道他要去武汉,我一定会拦住他!"

当天下午,郑能量毅然驾车前往已经封城的武汉,在朋友圈发了这么一句:"忠孝自古难全。"

冒雨开车 4 个多小时,驱驰 300 多公里,正月初一(1 月 25 日)19 时 38 分,郑能量站在了清冷的武汉街头,望着身边不时疾驰而过的救护车,他默默地在朋友圈立下"生死状":"知道此行凶险,已抱必死之心,始明不惧之志。如果我命数至此死在了疫区,就把我的骨灰无菌处理后撒在长江里,让它漂回湖南。"

这种气魄和胆识,大有"茫茫宇宙人无数,几个男儿是丈夫"之慨,不能不令人对这位"90 后"肃然起敬。

二

郑能量是家中的独子,郑能量的父亲郑建华在儿子出发之后,才看到儿子在朋友圈发的"忠孝自古难全"这句话,他伤心不已,连连嘱咐儿子一定要做好安全防护,保证身体健康。

到达武汉之后,郑能量赶紧买来防护服和口罩,花了 150 元。志愿做什么呢?他在朋友圈这样写道:"我郑能量志愿进入疫区做志愿者,志愿接受最脏最累的任务,哪怕是扛尸,这是我的选择,也是自己的社会责任。"

当时,武汉的公共交通已经停运。郑能量是开车来的,他觉得可以帮助那些医生护士上下班,还可以接送那些有需要的患者。17 天里,他穿梭在武汉城内,帮助有需要的市民出行,接送医护人员上下班,义务运送医疗物资,甚至协助运送死亡的患者。每天凌晨四五点入睡,早上 9 点出门,手机保持 24 小时开机,常常吃着饭就接到求助电话,一接到电话就立马出发。

"志愿服务,免费接送!"很快,郑能量就和武汉当地志愿接送医护人员和患者的爱心人士混熟了,他迅速加入了"武汉抗疫公益者联盟"。团队的力量显然比单枪匹马更大、口罩、防护服等防护物资有保障了。

郑能量在武汉接送需要帮助的人,每天奋战十七八个小时,跑四五百公里路,饿了就吃碗泡面,困了就在车上打个盹,深更半夜把车开到桥洞下,裹一条毯子倒头就睡。

1月28日,郑能量接到了一个陌生电话。接到电话的一刹那,他习惯性地问道:"需要用车吗?你在哪里?"对方沉默了几秒,说明来意:"老哥,我听说你是从湖南来的,现在有地方住吗?"

原来,这位武汉市民听说了郑能量的故事,主动提出要给他安排酒店住宿:"在人们最恐惧、最慌乱的时候,有你这样的人在为大家抱薪逆行,你不应该在寒风中独自承受……"那一刻,这个坚强乐观的小伙子流泪了。

还有一次,他给车子消毒时发现了一个200元的红包。他马上拍照发在朋友圈和志愿者微信群:"这是谁放的?请告知我!这个红包我真不能拿……"

是什么促使他来到武汉做一名直面生死的志愿者?

郑能量是这样回答的:"我就是来报恩的。以前我家里条件比较困难,我在读大学的5年里,得到了政府和社区源源不断的关怀,还有学校的奖学金、助学金。现在,我愿意把这些温暖和真情传递给他人。"

三

这位湖南小伙没在武汉求学过,没在武汉工作过,也没和武汉姑娘谈过恋爱,到底是什么原因,让他在这种危情时刻如此奋不顾身?

郑能量一句朴实的"我是来报恩的",揭示了他的心路历程。

郑能量家庭比较困难,母亲长年患病,生活不能自理,他一度无法继续学业,是政府和社区源源不断的关怀给了他鼓舞。

特别是在雨花区招生办王雁虹老师的帮助下,他考上了湖南工业职业技术学院,2016年通过专升本考试考上湖南第一师范学院,实现了自己的大学梦。

2018年6月,他毕业于湖南第一师范学院,毕业后曾在一所女子专修学院任教;2018年12月,到湖南建工集团华东工程局安徽分公司安吉项目部工作。

郑能量女朋友高秋兰为湖南建工集团本部华东工程局员工,据她介绍,郑能量在读大三之前叫"郑郑"。大三那年,他认识到社会应该多一些正能量,于是毅然把名字改为"郑能量",他希望自己能给世界带来更多的正能量。

"他是一个勤奋、善良、有爱心的人。"高秋兰介绍,郑能量在大学期间表现很优秀,他十分珍惜学习的机会,很善于思考,很喜欢跟老师和同学探讨问题并大胆表达自己的想法。

高秋兰介绍说，大学时郑能量有一个同学意外离世，大家都很心痛，郑能量辗转联系上那位同学的父母亲，特意表达了慰问和心意。他大学毕业后在专修学校任教时，一个学生的父亲生病了，虽然郑能量自己生活也很困难，但他还是捐了600元钱。"我感觉他很喜欢帮助别人，对那些有困难的人，他很能明白他们生活的不易，很愿意把关爱传递给别人，回馈给社会。"高秋兰说。

郑能量此次支援武汉，在高秋兰看来是意料之外，也是情理之中。她说她现在唯一能做的就是祈祷，希望他能平安归来……

"初见郑能量，感觉人如其名，眼睛炯炯有神，刚毅洒脱，精神干练，上唇留点小胡子，满满正能量。"同在华东工程局安徽分公司安吉项目部的同事苏自文对郑能量印象十分深刻。2018年底，郑能量担任安吉项目部办公室主任。苏自文介绍，郑能量平时工作细心，勇挑重担，脏活重活都无半点怨言带头去干，能圆满完成项目交办的工作任务，工作能力强。他为人正直，眼中容不得沙子，也以自己的为人与工作标准来要求别人，看不惯有些同事工作无担当、互相推诿扯皮的态度，其刚毅的性格有时令人不舒服，但大家对他的批评却是"服气的"。

2019年1月8日，郑能量在华东工程局微信工作群的自我介绍是："郑能量，我的名字确实好记，家里人也希望我做人正、做事正，有正能量。"同时他写了一首诗阐明心志："晚生豪情入建工，且随远志赴华东。不敢身轻图重担，只愿共赢此路通。"

四

2020年春节，是湖南建工人携手度过的最坚挺、最温暖、最齐心协力的春节。因为在新型冠状病毒肺炎疫情肆虐的日子里，以郑能量为代表的一大批"湖南建工人"坚守在防控疫情一线，诠释着"一流、超越、精作、奉献"的建工精神，让年味中蕴含更多的责任和担当。

"你做了一般人不敢做的事，我们以你为荣，为你感到自豪。你一定要注意安全，期待你凯旋。"郑能量的安危始终牵动着湖南建工集团领导的心。

2月10日，冒着沥沥细雨，湖南建工集团党委书记、董事长叶新平看望慰问郑能量家属，并送上慰问金和慰问物资，表达集团党委的关怀和祝福。叶新平董事长表示，在这个特殊的春节，郑能量驰援武汉，舍小我为大家，在大疫面前用行动彰显了建工人的风貌与"国企人"的担当，同时也感谢家属们的理解和支持，让他能够全身心地投入疫情防控工作。

同日，受湖南建工集团党委委托，华东工程局党委书记谈子林一行人，来到衡阳县台源镇柞木村郑能量女朋友高秋兰家中，为她及家人送去慰问品及新春问候，并连线郑能量,了解他在武汉救援工作情况及身体状况。

"你在武汉支援很不容易,我只有一句话要叮嘱你,一定好好保重身体,我们以你为荣,为你骄傲。"听到谈子林的嘱咐,郑能量十分感动。

"由刚开始的不理解到现在的自豪仅用了 15 天,但 15 天并不是一个很短的时间、一个简单的数字。"高秋兰表示,这段时间里自己明白了很多,明白了郑能量回报社会、奉献自己的"报恩"行为,理解了其不畏苦、不拒难、不怕死、舍小家为大家的精神。

"在祖国危难之际,你挺身而出,尽自己的力量去做一些力所能及的事,我支持你!"

这不仅仅是高秋兰的心声,也是千千万万人的心声。

大疫当前,众志成城。有一个逆行的郑能量,有千千万万个逆行的"正能量",他们的身影奋战在抗疫一线,书写着一个个大写的"人"字,彰显着中华民族的力量,彰显着中国的力量!

"我们一定要树立信心,一定会胜利的!"习近平总书记的勉励言犹在耳,我们期待这场疫情阻击战、总体战早日胜利,期待郑能量早日凯旋。

微语录

"我郑能量志愿进入疫区做志愿者,志愿接受最脏最累的任务,哪怕是扛尸,这是我的选择,也是自己的社会责任。"——郑能量

微评论

微信网友"Sherry19":你舍小家为大家,给疫区的人们带来了帮助和希望!

微信网友"此生最美的风景":生而平凡,却因为爱与善良而浑身闪光。

驰援武汉的爱心菜农"大树哥"

潘大树是四川德阳什邡市师古镇苏家桥村一位普通菜农,这个春节,潘大树原本打算带着家人出外旅游,一场突如其来的疫情彻底打乱了他的计划。他每天看着铺天盖地关于新型冠状病毒肺炎疫情的新闻,决心留在村子里为武汉做点什么。"大树哥"站在自家的菜地里开起了直播,两天两夜不合眼,忙着收菜和联络物流公司。在他的动员和带领下,什邡的菜农共捐赠了250吨蔬菜给武汉。

行驶近2500公里,什邡250吨蔬菜驰援武汉

精神文明网记者 胡桂芳

"这次菜品很丰富,是很多农户的爱心,潘大树之前捐给新州的5大拖挂车菜是他自己及合作伙伴、爱心菜农的菜。今天会有一大卡车菜运到江夏区安山街。""大家共同把四川人民的爱心带给武汉人民。"……2020年2月1日一大早,爱心菜农"大树哥"潘大树的手机叮叮地响个不停,在名叫"四川大树爱心菜群"的微信群里,一位武汉的爱心蔬菜组织者在群里如是说,字里行间流露着感激之情。

"今天还有两车,应该在高速路口了。"潘大树低着头,密切地关注着群里的信息,手指不停地滑动着屏幕,及时将运输蔬菜的爱心车辆行程发到群里。

连日来,武汉疫情牵动着全国人民的心,也牵动着四川德阳什邡市师古镇苏家桥村一位网名叫"大树哥"的农民潘大树的心。这个春节,一场突如其来的疫情彻底打乱了潘大树一家人的计划。原本打算带着家人出外旅游的潘大树,每天看着铺天盖地关于新型冠状病毒肺炎疫情的新闻,再也坐不住了,他决心取消外出旅游的计划,留在村子里为武汉做点什么。

"大家好,我是'大树哥',我跟我哥、张老板,还有二哥已经商量好了,打算免费支援武汉人民10万斤萝卜和上海青。"近日,"大树哥"站在自家的菜地里开起了直播,向网友们说出了这番话。他的话音刚落,就得到了广大网友的支持,瞬间就有1000多名

网友给"大树哥"留言，表示愿意做一名志愿者，到什邡帮助他摘菜、运输等。考虑到距离不能太远、人员不能太聚集等因素，"大树哥"最终只答应400多名志愿者前来帮忙。

第二天，志愿者们陆续赶来了，他们中有六七十岁的老人，也有二十岁左右的年轻人，甚至还有腿脚不方便的残疾人。他们或蹲在菜地里埋头拔菜，或往塑料袋子里装菜，或努力地往车上抬菜，每个人都在争分夺秒地工作。

志愿者们的爱心和热情感动了"大树哥"。连续几天，在一片绿油油的菜地里，一位腿脚有残疾的志愿者格外引人注意。"大树哥"告诉记者，这位腿部有残疾的志愿者，听说"大树哥"要捐赠蔬菜后，便第一时间坐着朋友的车从彭州赶来帮忙。"看到他在菜地里帮着拔菜、抬菜，腿一瘸一拐的，我的眼泪都快掉下来了。大家的这份爱心，让我的心中感到暖暖的。"

"自打大家知晓我向武汉捐赠蔬菜的消息后，我每天都会接到上百个爱心市民的电话，他们都想尽自己的一点力量，捐些蔬菜给武汉，帮他们渡过难关。"采访中，潘大树的声音有些嘶哑，每一句话中都透露着疲惫。他告诉记者，因忙着收菜和联络物流公司，他已经两天两夜没有合眼了。1月31日晚上他带领大家又加班装了两车菜，2月1日早上7点多钟装载着蔬菜的爱心车就出发了。"这已经是从什邡发往武汉的第三批蔬菜了，确实很累，现在整个人精神都有点恍惚。"

采访的间隙，潘大树的手机不时有电话打进来，都是向他询问如何捐献蔬菜，如何将蔬菜运往武汉的，潘大树总是耐心地回答着。

"这些天，我动员什邡的菜农共捐赠了250吨的蔬菜，有上海青、萝卜、豌豆尖、包菜等，种类比较丰富。"采访中，潘大树给记者分享了一个感人的故事：1月29日上午，一位衣着朴素的老大爷推着装着新鲜蔬菜的三轮车大老远地赶过来，将车上四五十斤的蔬菜放下后就走了，没有留下姓名和联系方式。"这些天，像这位老人一样放下菜就走的爱心菜农太多了。有的捐赠了几十斤，有的捐赠了上百斤，甚至上千上万斤。"潘大树动情地说，汶川大地震时，来自全国各地的爱心物资陆续抵达什邡，武汉人民也及时将爱心物资送至什邡，帮助什邡人民渡过了难关，如今，什邡人民怀着一颗感恩的心想对武汉贡献一点力量。

250吨蔬菜，来回行程约2500公里……这几天，来自什邡的爱心蔬菜，陆陆续续抵达武汉。潘大树向记者透露，这些爱心蔬菜全部免费捐赠，将运至武汉市新洲区人民政府，并由新洲区邾城街道办事处的工作人员直接免费发放到辖区内市民手中，会优先发放给孤寡老人及无人照料的残疾人、外地回归并居家隔离人员及家属、福利院及养老机构、特殊行业的生产企业及职工、特困及特需人员。

微语录

"国之兴亡,匹夫有责,作为中国人,我们都应该有这样的想法,希望武汉加油,希望我们的中国加油。"——菜农潘大树

微评论

微信网友"Mengxiang":有一分热发一分光,哪里有需要就奔向哪里！致敬参加抗疫的志愿者！

微信网友"游侠0923":伟大出自平凡,英雄来自人民！

"硬核捐助的蔬菜'掌柜'"李华平、李华忠兄弟

李华平、李华忠兄弟是江苏省沭阳县青伊湖镇蔷薇村上海青蔬菜基地负责人。疫情发生后，兄弟俩想为抗疫做点事。在发出守住菜价的倡议以后，他们想到捐点菜给湖北，并得到蔷薇村村民的大力支持，不少村民主动来当志愿者，帮助收割。李华平兄弟每天都组织2万斤蔬菜从蔷薇村发到湖北，风雨无阻。截至3月2日，他们已向湖北省运送26批蔬菜，共计52万斤。蔷薇村以持续的硬核捐助，成为名副其实的"网红村"。

蔷薇村蔬菜"掌柜"：疫情不止，捐赠不停！

新华社记者　杨思琪　樊攀　柳王敏

2月8日，江苏沭阳县青伊湖镇蔷薇村上海青蔬菜生产基地首批捐助的2万斤蔬菜抵达湖北麻城市。这些蔬菜来自一个远在江苏的志愿者李华忠，他也是蔬菜基地的负责人。

令李华忠意外的是，蔷薇村竟然火了。一张标示着"青伊湖镇蔷薇村上海青蔬菜基地捐助湖北省麻城市工商联"的出征仪式照片让网友纷纷好奇，蔷薇村到底在哪里？

谈及此事，李华忠憨厚地笑道，当时没考虑那么多，只是因为横幅装不下那么多字，所以略写了省、市名。

在后续的出征货车上，李华忠在横幅上加上了省、市名字，一辆辆带着温度的大货车从蔷薇村开往湖北各市。这些新鲜的上海青蔬菜最快可在第二天被端上湖北人民的餐桌。

这是令李华忠最振奋的事情。截至目前，蔷薇村上海青蔬菜生产基地已向湖北运送了52万斤上海青爱心蔬菜。李华忠说，疫情不止，捐赠不停，蔷薇村蔬菜基地就是湖北同胞的大菜园。

早上 6 点起摘菜,第二天凌晨到达湖北

李华忠介绍,江苏沭阳县青伊湖镇蔷薇村上海青蔬菜基地占地 530 亩,长期供应南京、常州、连云港、徐州等省内市场。

自 2 月 7 日开始,蔷薇村每天都会有一班大货车从这里开往湖北,每趟车上至少都装有 2 万斤新鲜的上海青。

早上 6 点,村民们就进入大棚开始割蔬菜,为了减少人员接触,每个大棚人数控制在 2 人,这比平常割菜的速度慢一点。据了解,每个大棚有 4000 多斤菜,需要 2 个人收割,装到塑料筐里。每个塑料筐能装 30 斤左右,工人们会放到旁边的磅秤上称重,然后以 30 斤一包打包成标准包。

“从早装到晚,早上装好的菜都先放到冷库里暂时保存,下午的菜就直接拉到广场上,等货车来,和上午的菜一起集中运走。”李华忠表示,每天共有 6 个大棚的蔬菜用来保供湖北,工人和志愿者们从早上忙到下午,而运输的车辆一般都是下午来这里装菜,装满后立即发往湖北。

下午 3 点左右,大货车抵达基地,李华忠和工人们从三轮车里一包一包地把菜递到车上,第二天凌晨大货车抵达目的地。

从 3 月 3 日起,为进一步优化送往湖北的蔬菜质量,李华忠调整了送货时间,改为间隔两天送货。他告诉记者,目前天气回暖,上海青长势喜人,明天大货车就将发货。

因为一档节目,希望用自己的方式为湖北做贡献

谈到向湖北运送蔬菜,李华忠称这件事主要是哥哥李华平的想法。

李华平本是一名律师。2019 年,他投资 700 万注册成立了江苏润格贸易有限公司。公司在村支部的协同、调动下,流转了 530 亩土地,创立“乡村振兴实验基地”。现蔷薇村以“党支部+核心人物+乡土能人+农户”的模式,成立创业团队,来推动乡村产业发展。

在疫情期间,李华平曾看到一档关注一线医护人员的节目,看完就产生了这样的想法。“在发出守住菜价的倡议以后,我就想到捐点菜给湖北。”李华平的想法得到弟弟的赞同,兄弟俩迅速行动起来。他们的做法也得到了蔷薇村的大力支持,村支部书记第一时间通过村口的大喇叭发出了倡议,不少村民更是主动要来当志愿者。

李华忠告诉记者,他第一时间联系了物流公司征集驾驶员。然而,去一趟湖北,回来就得去指定医院隔离 14 天,李华忠担心能否找到合适的人。

　　第一个报名的是货车司机张师傅。他出发后，其他驾驶员也消除了顾虑，纷纷联络李华忠，参与到这场爱心接力中。

　　李华忠说，一共有十余名司机加入这次爱心长途之旅，尽管运送到当地后，司机不参与卸货，但回程后仍需要到当地指定医院隔离观察14天。有一位司机在隔离结束后，又加入了运输队伍。

　　"邻居有难，能帮则帮"，李华平告诉记者，这个"蔷薇精神"许多本地人从小就听说过，所以在这次疫情发生后，大家都能踊跃参与，有的帮忙运输，有的帮忙收菜，这令他感动不已。

透明化操作，希望爱心菜能实实在在地造福当地老百姓

　　李华忠手机里有一个特别的微信群，有基地的相关负责人、十几名货车驾驶员，也有村、镇的相关领导，更有沭阳县的书记、县长，还有湖北省蕲春县、麻城市、咸宁市、武穴市、浠水县、黄冈市等两县四市工商联的相关负责人。

　　"这个群是我们村里、县里和湖北两市四县交流的桥梁，除了公开菜从地里到装车的过程，还包括驾驶员出发后，在哪个服务区短暂休息，预计多久到达目的地，什么时候返程。每一个细节都会在群里滚动交流。"李华忠解释说。

　　"把大家拉到一个群里，既可以保证整个过程的公开透明，更方便对接，哪个环节出了状况，都能第一时间解决，保证蔬菜可以用最快速度送到目的地。"李华忠说，刚开始向湖北捐赠蔬菜时，就曾出现过运送车辆无法通过省界的情况，当时沭阳县副县长范以环在第一时间与相关部门和上级领导对接，打通了绿色通道。

　　李华忠告诉记者，送到湖北的蔬菜是由当地工商联进行调配，不用于市场售卖，希望当地老百姓能实实在在感受到江苏人民的爱心。

　　李华忠表示，现在天气回暖，上海青长势喜人，品质优良，他将继续向湖北人民输送蔬菜，直到疫情结束那天。

微语录

　　"这个时节，我们能做的就是守住蔬菜价格底线，实实在在为抗击疫情做点事。"——李华平

微评论

　　微信网友"是元明"：还好有你们，14亿中的无数个你们，感谢你们。

　　微信网友"TFklm"：送来的蔬菜，无疑是雪中送炭，让武汉这个冬天不再冷。

"管家"快递员贾胜治

疫情期间,武汉江岸区黄浦京东物流站的站长贾胜治,协调物流货车,给医院送防护、生活物资;扫遍辖区所有门店,凑齐给内蒙古援鄂医疗队的60套秋衣秋裤;与父母连夜为医疗队包饺子,担心护士们吃不上热的,还特意从家里带了蒸锅和碗筷。

有千千万万的快递员与他一样,在封城期间坚守岗位,变身暖心"管家",用自己的方式守护这座城市。贾胜治常常挂在嘴边的一句话是"只要他们有需要,我就去跑"。他们相信,只要有人在奔跑,封城的武汉就不会停下来。

送药送秋裤送锅送饺子,"管家"快递员记录的抗疫一线

《中国新闻周刊》记者 栗子

疫情之下,你们把快递小哥当成什么了?

为了60套秋衣秋裤,武汉快递小哥贾胜治开启"扫街"模式,跑遍辖区所有门店,几经波折买齐了这批"紧缺"物资。这是内蒙古援鄂医疗队6名护士10天的"战斗服"。他把这批物资和父母连夜包的100个饺子送到医疗队驻地时,专门带上了蒸锅、碗筷,心里想着妈妈念叨的话:"不知道我们南方人包的饺子,大夫们爱不爱吃。"

在关闭离汉通道后的30多天里,贾胜治其实一直在跑

2月末的武汉,天气在多云和小雨之间徘徊,正如过去的每个初春。然而因为疫情,这个春天从关闭离汉通道那一刻起,注定要换一种打开方式。贾胜治是为数不多还能自由穿梭在武汉街头的人,作为武汉江岸区黄浦京东物流站的站长,他所在的站点承担了汉口解放大道和发展大道、建设大道交汇区域的包裹配送工作。

从"封城""封路"再到"封小区",除了派件,贾胜治的电话成了"热线",打电话、发

消息的,有陌生人也有老顾客,目的都是一个——麻烦帮帮忙。他的手机里,记录着关闭离汉通道后武汉人最真实的生活。

伴随全国各地医疗队的应援,武汉城里多了不少"逆行者"。热心的贾胜治,俨然从快递员变成医护人员的生活"管家"。

2月19日一大早,刚到站点的贾胜治就接到了内蒙古乌兰察布前旗物流站站长的电话,电话那头自我介绍后,没多寒暄直奔主题——内蒙古援鄂医疗队现在在贾胜治的派送辖区内参与救援,急需一批生活物资,尤其是秋衣秋裤。关闭离汉通道以来,除了派送日常包裹,贾胜治已经协调物流货车,往医院里送了好几趟防护、生活物资。他非常清楚一线任务的紧迫,但没想到除了防护用品,前线医务工作者还缺秋衣秋裤。贾胜治放下电话,安顿好站里工作,出门"扫街"。原本繁华的辖区,如今营业的商家寥寥无几,但凡开门的商场、百货、超市,他一个也没放过,但还是没凑齐物资清单上的60套秋衣秋裤。"这事儿办不成不行。"贾胜治当即决定多条腿走路,立马联系了武汉的京东仓库,确认本地仓内有全部医护人员需要的物资后,立马联系了医疗队,指导医生线上下单,之后再次联系本地仓优先发货,由自己的站点加急派送,第二天一大早就把物资送到了医疗队手上。

物资送到了,他心里的疑惑也解开了。原来内蒙古援鄂医疗队在出发前一天晚上10点接到任务,时间紧迫来不及准备生活用品。而在密闭的防护服里,贴身衣物经常被汗浸透,且不能带出隔离区,只能一次性使用。60套秋衣秋裤,是6个护士10天的"作战服"。听说儿子对接上了援鄂医疗队的大夫,贾胜治的妈妈连夜包了100个饺子冷冻好,连带着一箱苹果,让儿子送给医疗队员们。因为担心护士们吃不上热的,贾胜治还从家里带了蒸锅和碗筷,"感谢你们来支援武汉,这些饺子下班饿了可以自己蒸着吃"。

贾胜治将饺子送给医护人员,他们接过这些东西时,一度哽咽。如今贾妈妈还不时念叨:"不知道我们南方人包的饺子,大夫们爱不爱吃。"送饺子时贾胜治也这样想过,但他总会接一句:"不知道他们还要待多久,只要他们有需要,我就去跑。"

"下单"在上海 "跑腿"在武汉

在帮护士们买秋衣秋裤之前,贾胜治已经接下很多求助,第一个是买酒精。大年初二,贾胜治接到一通上海的来电。电话那头的姑娘请他帮忙拦截一个包裹,包裹里是两瓶高度白酒。原来,姑娘误以为高度白酒可以替代医用酒精,结果酒还没送到武汉父母的家中,白酒的除菌功效就被辟谣了。

处理完拦截后,贾胜治追问了一句,酒精买到了吗?女孩却说高度白酒是她最后的希望,父母在武汉,但目前自己在线上都买不到酒精。抱怨过后,姑娘试探着问贾胜治,你可以帮忙买酒精吗？彼时，因为受疫情影响，贾胜治的物流站点订单量比往年春节翻了一番，人手却因为假期和关闭离汉通道少了一大半。全站11个派送员，每天最长工作将近12个小时，才勉强派完不断涌进站点的包裹。但贾胜治在电话里没多犹豫，应下了姑娘的请求。

想着派送辖区有三家大型医院，周边药店也不少，一家一家问过去，总该有存货。没想到，当时酒精成了"硬通货"，一大半药店已经挂出"酒精已售罄"的牌子，没挂牌的也都缺货。

跑遍辖区都没找到酒精的贾胜治有些不甘心，想起特殊时期武汉各站点自发建的微信群，他发出了"义务跑腿"的第一个互助请求："麻烦各辖区兄弟路过药店，帮买采购两瓶酒精，客户急用。"最终，另一个站点的同事买到了一家药店里的最后两瓶酒精，贾胜治接过酒精，一刻没耽误，送到了姑娘指定的地址。贾胜治发出互助请求的微信群，也成了日后武汉京东小哥们"义务跑腿"的重要工具，消息也越来越密集。

送的是救命药　不跑不成

一天天过去，贾胜治接到的求助信息越来越多，需求也各不相同。但在所有求助信息中，送药始终排在贾胜治待办事项的第一位。

2月中旬，贾胜治接到了一位老顾客的电话，请他救救自己的父亲。原来老顾客的父亲患有严重的高血压，每天必须服药，现在药瓶眼看就要见底。因为药店进货困难，慢性病药当时比较紧缺，老顾客好不容易联系一家药店买到两瓶降压药，却因为自己家和父亲家的小区封闭，根本拿不到药。老顾客的要求不多，请贾胜治帮忙去药店取药，通过京东物流寄给父亲。拿到药店和顾客父亲家的地址后，贾胜治决定自己跑一趟。一来老人吃药要紧，二来药店和老人家离站点只有几公里，邮寄反倒耽误时间。当天，贾胜治就把降压药送到了老人手中。然而，送药的过程并非总是顺利。半个月前，同样是一位老顾客找到贾胜治，请他为家里的糖尿病人送胰岛素，虽然病人所在的黄陂区离贾胜治的站点有30多公里，但这时武汉路况极佳，距离不是问题。

第二天一早，贾胜治特意开了自己家的车去送药，眼看就要进入黄陂区，却因为没有通行证被拦了下来。私家车走不了，贾胜治想到了京东的物流货车，立马联络了当班的物流货车司机，请他把胰岛素带进黄陂区，送到病人手上。遗憾的是，京东物流货车也被拦在了黄陂区外，胰岛素只能原路退回到老顾客手中。"换到现在，我肯定能办成。"贾胜治说，现在京东物流车已经拿到运输通行证，在武汉各区域火速驰援一线。好在，那次的胰岛素最后通过志愿者及时送到了病人手中。这件事也给了贾胜治启发。上周，贾胜治和自己"跑腿"微信群里的20多个兄弟，报名参加了"志愿服务关爱行动"。

他们相信,只要有人在奔跑,关闭离汉通道的武汉就不会停下来。至于疫情过后的日子,贾胜治说:"我想先好好睡两天。"

微语录

"不知道他们还要待多久,只要他们有需要,我就去跑。"——武汉快递小哥贾胜治

微评论

微信网友"胜利":非常时期,非常之举,平凡而感动。

微信网友"粉色小猪":送药送秋裤送锅送饺子,传递出危难时期的真善美。

驻村8年的"铿锵玫瑰"刘双燕

2012年3月至2014年10月,刘双燕作为安徽省第五批选派干部任利辛县刘家集镇陆小营村第一书记。刘双燕处处想着百姓,村里的泥巴路修成了水泥路,贫困户都有了脱贫门路……村民们对村里的变化如数家珍。村民们说,刘书记最无私。但她却说,自己最自私:不是孝顺女儿,在妈妈被查出肺癌时,不能床前尽孝;不是尽责妈妈,从女儿小学六年级到大一,缺席了她的成长;不是称职妻子,与丈夫两地分居,丈夫又当爹又当妈照顾女儿,2018年因劳累过度突发心梗离世。

2018年2月,刘双燕申请担任省第七批选派干部,继续留任朱集村。"美丽的朱集,美丽的家",刘双燕说,到脱贫攻坚战全面胜利时,把朱集建成美丽的家,是她的"小野心"。

驻村8年的"铿锵玫瑰":绝不能打退堂鼓

新华社合肥记者 吴慧琋 姜刚 杨丁淼

舍弃幸福优渥的家庭条件,连续三任坚守8年驻村帮扶,这期间经历亲人离世的家庭变故,强忍悲痛矢志扶贫,带领软弱涣散村、贫困村群众脱贫致富,被群众亲切地称为"闺女",她便是安徽省亳州市税务局女干部刘双燕。

自2012年以来,刘双燕勇当先锋,像一朵开在脱贫攻坚一线的铿锵玫瑰,在平凡的岗位上书写了不平凡的华章。不久前,刘双燕获2019年全国脱贫攻坚奖贡献奖。

8年坚守:"娇姑娘"的无私与自私

家中排行最小,优越的家庭环境让刘双燕成了最受宠的"娇姑娘"。

可她却在脱贫攻坚一线坚守了 8 年。2012 年 3 月至 2014 年 10 月,刘双燕作为安徽省第五批选派干部任利辛县刘家集镇陆小营村第一书记。2014 年 11 月起,她作为省第六批选派干部,被派到利辛县汝集镇朱集村任第一书记兼驻村扶贫工作队长。2018 年 2 月,刘双燕申请担任省第七批选派干部,继续留任朱集村。

当初刚到陆小营村时,刘双燕傻了眼:这是个外人避之不及的村子,交通闭塞,产业落后,思想不稳定,各种矛盾交织下成了软弱涣散村。驻村第一天,她在四面漏风的宿舍思考了一夜。

"如果不能改变风向,就及时调整风帆。"在家人鼓励下,刘双燕放下思想包袱,与村民打成一片。她还主动从上级争取到 50 万元资金,帮这个村修通了水泥主干道。

记者注意到,刘双燕现在驻村的房间在村部的二楼,卧室、厨房和办公室共用,里面有一张床,中间一张办公桌隔开了卧室和厨房。进门的左手边放着一张长条桌,桌上有一个小小的电饭煲,一个塑料杯里插着一双筷子、一支牙刷,一个菜篮子里放着两根玉米和一包泡面。而这相较过去已是"高标准"。刚到朱集村,村部办公条件差,厕所是露天的蹲坑,刘双燕上厕所时只能靠唱歌提醒同事避免尴尬;宿舍在村敬老院,没有空调和独立卫生间,洗澡只能在公用厕所冲一冲,回来晚了还没有热水。刘双燕的单位出钱让她改善住宿条件,她却用这笔钱给敬老院装了太阳能路灯。8 年来,她未向组织提过个人工作生活上的任何要求,而是利用挂职干部的身份,争取了资金和项目:光伏扶贫实现全覆盖,建成 200 多亩特色种养殖基地,建成农民健身文化广场……朱集村贫困发生率由 2014 年的 13% 降至 0.9%。村民们说,刘书记最无私。但她却说,自己最自私:不是孝顺女儿,在妈妈被查出肺癌时,不能床前尽孝;不是尽责妈妈,从女儿小学六年级到大一,缺席了她的成长;不是称职妻子,与丈夫两地分居,丈夫又当爹又当妈照顾女儿,2018 年因劳累过度突发心梗离世。由于常年入户走访,膝盖过度磨损,刘双燕得了髌骨软化症。在她的床头,用过的镇痛膏药贴纸装了满满一袋。

一声"闺女":从"被质疑"到"一家人"

刘双燕刚到村里时,村民们并不相信她能干啥事。"一个女娃到村里当书记,还不是走马灯,没想到她真能办事!"朱集村村民周学正说,"我们老两口年龄大了,她根据我家情况,鼓励我养羊,三年前发了 2 只种羊,说不要卖了,也不要吃了,要羊生羊,发羊财,没想到靠这个还真脱了贫。""她经常来村里,给大家讲扶贫政策,大事小事随叫随到,这样的干部就跟闺女一样啊。"周学正说。

坚持"一户一方案、一人一措施",刘双燕紧抓扶贫扶智等关键点,扶持了养羊大户、养鸭大户等一批致富带头人,使他们彻底摆脱了贫穷生活,为村里的产业兴旺筑牢基础。

"你离乡村有多近，乡亲就跟你有多亲。"在陆小营村，刘双燕也是用这样的扎根态度与村民打交道。陆小营村村民陆殿华因患病曾一度对生活失去了信心。"她隔三岔五给我打气鼓劲，指导我家发展产业。"陆殿华说，如今，他家已从建档立卡贫困户，发展成养鸡大户。刘双燕把村民当家人，与他们拉家常、问冷暖、送政策，帮助解决生活困难，寻找脱贫致富办法。"就为咱村都能过上好日子，有多大劲儿，我都使出来。"刘双燕说。真情付出，点滴变化，百姓看在眼里，记在心上。村里的泥巴路修成了水泥路、贫困户都有了脱贫门路……村民朱士岭对村里的变化如数家珍，"过去村里穷，在外面都不敢讲是朱集人。现在村里发展好了，大家的腰包鼓起来了，走到哪都感到很自豪"。

久久为功：从"陷纠结"到"要留下"

"祝贺你刘书记，终于要回城了。"去年春节前夕，得知驻村扶贫的任期即将结束，刘双燕却犹豫了。"扶贫工作是真辛苦，白天走访贫困户、谈项目，晚上建档立卡、录入数据，每天都工作到凌晨。"刘双燕坦言。

朱集村的老百姓舍不得她走，悄悄商量着按红手印留下她。汝集镇同期驻村的市县干部都回城了，刘双燕陷入了纠结。几年来的扶贫，已经把她和朱集村的命运紧紧相连，村里的路灯还没点亮，还有 20 多户群众没脱贫……"脱贫攻坚是一场伟大战役，我们就像扛旗冲锋的战士，眼看红旗就要插上最后一个高地了，这时候不能打退堂鼓。"刘双燕说。"纠结说明内心想留，如果想走不会纠结的，等女儿高考结束，我就把合肥的工作辞了去村里给你烧饭当司机，咱们再也不分开了。"刘双燕的丈夫曾对她说。

刘双燕也曾担心，驻村多年把自己税务业务荒废了，回去一切要从头开始。可她也觉得，税务系统少了她一样运转，而朱集村脱贫工作离不开她，这种"被需要"对自己来说是莫大的满足。刘双燕选择留任后，意外和打击却接踵而至。丈夫由于长期劳累，2018 年 8 月突发急性心梗骤然离世。2018 年 10 月，刘双燕体检时被查出 5 厘米大小的腺肌瘤，为了不影响扶贫验收工作，她拖了半年才做手术。"美丽的朱集，美丽的家"，刘双燕说，到脱贫攻坚战全面胜利时，把朱集建成美丽的家，是她的"小野心"。

微语录

"脱贫攻坚是一场伟大战役，我们就像扛旗冲锋的战士，眼看红旗就要插上最后一个高地了，这时候不能打退堂鼓。"——安徽省亳州市税务局女干部刘双燕

微评论

微信网友"小花":强忍悲痛矢志扶贫,带领软弱涣散村、贫困村群众脱贫致富,国民好"闺女"的榜样!

微信网友"零食铺子":舍小家,为大家,党的好女儿!

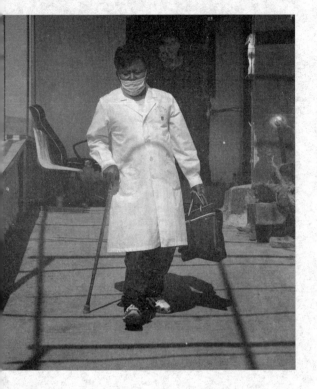

"假肢摩托医生"方富光

　　身残志坚，行医为民，这是对方富光最好的诠释。为让基层群众小病不出村，10 余年来，重度残疾的他戴着假肢出诊，开展诊疗和咨询约 2.5 万例，跑遍了周边的村庄，行程 2 万多公里，骑坏了 3 辆摩托车，"跑断了" 2 双假肢，他的摩托车被群众称为 "救护车"，他也被村民亲切地称为大山里的 "摩托医生"。

　　方富光除了为周边村民诊疗外，还要做好国家基本公共卫生服务、儿童计划免疫、辖区内的卫生监督和村小校医等工作。此外，方富光还坚持做到一个季度为患有慢性病的群众做一次体检，一年为 65 岁以上的老人做一次体检。他一直默默坚持着，视病人如亲人。

方富光：乡村医生的赤子情怀

《玉溪日报》记者　白诚颖

　　自 2005 年通过乡村医生培训后，三级残疾的他成为一名乡村医生。为让基层群众小病不出村，10 余年来，他戴着假肢出诊，开展诊疗和咨询约 2.5 万例，跑遍了周边的村庄，他就是峨山县大龙潭乡迭所村乡村医生方富光。

立志当一名医生

　　方富光出生于峨山县大龙潭乡一个普通农家。出生后没多久，他就被诊断为先天性脊柱裂，伴有下身轻度萎缩。7 岁那年，因一次意外，方富光脚掌被刺伤后引发感染，又患上创伤性骨髓炎，从此，伤痛就伴随着他，病情严重时几乎不能行走。

17岁那年,由于病情恶化,方富光的左脚足跟部的骨头陆续开始脱落,伤口久治不愈,加之家庭贫困,他的病迟迟无法得到有效医治。尽管峨山县中小学为他捐款治病,但遗憾的是错过了最佳的治疗时机。方富光说:"虽然我从此留下终身残疾,但挽回了一条命。在感激众人帮助的同时,我为自己定下了人生的目标,长大后一定要回报社会,做一个对社会有用的人。我体会到疾病带来的不便和痛苦,于是立志长大后一定要当医生,为人们解除病痛的折磨……"

19岁时,方富光跟随着当时的村医学习医疗技术,他还买来医学书籍自学。只要坚持,梦想的种子终会落地生根。2005年,方富光参加乡村医生培训后,33岁那年,成了迭所村的一名乡村医生,并兼任迭所完小校医。

以病人为中心

方富光所在的迭所村距峨山县城80多公里,各方面条件还比较落后,很多年轻人外出打工,村里只剩下老人和儿童。保障他们的健康、为他们解除病痛,便成为方富光肩上的一份责任。

"喂,是方医生吗?麻烦你跑一趟吧!""哦,别着急,我这就过来。"挂了电话,方富光麻利地准备好听诊器、体温计和药箱,骑上三轮摩托车就朝患者家里赶。每当村民生病,只要一个电话,方富光随叫随到,并坚持到病人家中出急诊。

作为一名医者,一个遭受过病痛折磨的人,方富光比谁都懂得时间就是生命的含义。所以,每遇急诊,方富光总是与时间赛跑。有时,为了给病人看病,他连饭都顾不上吃,忙起来一天吃一顿饭也是常有的事。为方便病人夜间就诊,方富光晚上就睡在距离他家200米的诊所里,并且从不锁门。

2012年8月,由于病情恶化,方富光做了双小腿截肢手术。在困难和伤痛面前,方富光从不屈服,因为服务群众让他感到自己的工作很有价值。他坐在轮椅上,坚持为患者看病。他安上义肢,每天坚持做康复锻炼,从能独立站5分钟、10分钟到半小时,再到依靠拐杖能够站立行走,他每天进步一点点,最后依靠顽强的意志,逐步丢掉了拐杖,独立站了起来。他还学会了骑摩托车,这样他可以为急诊患者"走"更远的路。村民们把他的三轮摩托车叫作"救护车"。每次出急诊,除了药箱,他还会多带一把锄头,如果路面不平,车子过不去,他就下车用锄头把路挖平。正是靠着这辆"救护车",方富光走村串巷,为急诊患者出诊,为管理对象体检、做随访。

由于行动不方便,方富光要克服的困难远比常人多得多。有一次,方富光在出诊的过程中把三轮摩托车开进了路边的沟里。那次,给患者看完病回到家,已是凌晨1点多。

从医 10 余年来,方富光拖着重度残疾的双腿,以极大的热情、耐心和责任心奋力做好基层群众的预防保健、治病疗伤等工作,在平凡的岗位上书写着不平凡的人生。2014 年以来,方富光先后被玉溪市委宣传部、市文明办评为"玉溪好人",被省文明办、省广播电视台评为"云南好人",被授予"第四届玉溪市道德模范提名奖",被评为玉溪市第五届劳动模范和云南省第二十二届劳动模范。

微语录

"虽然终身残疾,但我感激众人曾经给予的帮助,我一定要回报社会,做一个对社会有用的人。"——乡村医生方富光

微评论

微信网友"阿凡提":身残志坚,行医为民,点赞!

微信网友"好人一生平安":身残志坚的榜样力量,值得每个正常人学习。

"留守园丁"马彦国

　　一个四方小院、一排挺拔的绿松和一面高高飘扬的五星红旗点亮了冬日里荒芜暗淡的大山。这是位于宁夏吴忠市同心县王团镇的马套子小学，也是62岁的马彦国坚守半生、教书育人的阵地。

　　1976年，马彦国成为村里的一名民办教师，一干就是40余载。学校缺老师，教学条件差，他"包班包办"，最累时一人带两个年级30多名学生的全部课程。他在墙上抹泥刷墨做黑板，用木板搭课桌，自制煤油灯为学生上晚自习照明。一转眼几十年，讲台上的马彦国从年轻小伙变成花甲老人，他启蒙了上千名本村学生，其中不少人走出了大山，改变了命运，他说："教出一个学生，就能脱贫一家人。"

"留守园丁"马彦国：我留在大山，是为了让他们走出大山

新华社"中国网事"记者　刘海　谢建雯　马思嘉

　　一个四方小院、一排挺拔的绿松和一面高高飘扬的五星红旗点亮了冬日里荒芜暗淡的大山。

　　这是位于宁夏吴忠市同心县王团镇的马套子小学，也是62岁的马彦国坚守半生、教书育人的阵地。

"虽然只有一个学生，但该有的仪式一样也不能少"

　　当东方露出鱼肚白，8岁的马丰才独自背着书包，在寒风中沿着蜿蜒山路走向学校。同一时刻，马彦国也生起了炉火，和妻子余秀英一起煮着鸡蛋，等待学校唯一的学生。

每周一早晨,马丰才吃了鸡蛋,就会和马彦国一同参加升旗仪式。没有音响,马彦国用夹杂着方言的声调唱起国歌,升起国旗,马丰才在一旁庄严敬礼。

"虽然只有一个学生,但该有的仪式一样也不能少。"马彦国说。

近些年,越来越多村民外出务工,孩子们也纷纷进城上学。从今年开始,马套子小学只剩下马彦国和马丰才一师一生,满满当当的课程表上只有马彦国的名字,空荡荡的座位上也只剩下马丰才。

"担子重,教这一个娃娃比我以前教几十个压力都大。"马彦国说。

马丰才父母身体不好,无法长期务工,只能靠种地、养牛羊及政府每年近2万元的补贴生活。"虽然不想让娃娃像我们一样,一辈子待在山里,但我们两口子不识字,也没条件进城。"马丰才的父亲马志龙有些无奈。

近年来,为缩小城乡教育差距,政府给农村教学点配备了互联网教育系统等硬件设备,还先后出台了《乡村教师支持计划》《银龄讲学计划》等补充乡村师资。

"义务教育一个也不能少,哪怕一个孩子有需求,学校也得开。"同心县教育局副局长石彦玉说。

于是,本该退休含饴弄孙的马彦国被学校返聘。年龄偏大的他无法教授音乐、美术等课程,但经过信息化培训,已能熟练播放教学点数字教育资源全覆盖项目中的录播课。

"毕竟上年纪了,有些东西教不了,怕耽误娃娃,多亏了远程教育,娃娃的普通话比我标准。"马彦国说。

因缺少玩伴,马丰才胆小内向,马彦国只能课上多提问,课下陪他滚铁环、打篮球,余秀英也经常为他洗手、剪指甲,给他蒸馍馍。

"这娃娃和我小孙子一般大,惹人心疼。他跟我说心里话,我也把他当亲孙子,鼓励他好好学习。"余秀英说。

"人的一生只要想做点事,在哪都是做"

马彦国是马套子村人,也是20世纪70年代村里首批四名初中毕业生之一。当年,不同于另外三位同学或入伍或工作,他填写了进城读高中的报名表,却被母校老师和乡亲们的上门请求绊住了出山的脚步。

"初中是当时村里的最高学历,没人教书就找上我了。"马彦国说,"当时家里条件也的确差,教书一个月还有7块钱工资,我就答应了。"

1976年,马彦国成为村里的一名民办教师,这一干就是40余载。

学校缺老师,教学条件差,他"包班包办",最累时一人带两个年级30多名学生的全部课程。他在墙上抹泥刷墨做黑板,用木板搭课桌,自制煤油灯为学生上晚自习照明。他总是第一个到校,最后一个离校……

"教书育人是一辈子的事,人的一生只要想做点事,在哪都是做。既然留下来,就要起点儿作用。"马彦国说。

1993年,马彦国从同心县教师进修学校考取中专学历转为公办老师后,再度选择返回大山。2012年,为方便照看学校、照顾学生,他干脆"以校为家",本该在家带孙子的妻子余秀英也跟着住进学校,承担起为学生准备营养早午餐的任务。

"我留在大山,是为了让他们走出大山。"马彦国说。

"教出一个学生,就能脱贫一家人"

包括同心县在内的西海固地区,山大沟深、干旱少雨,是宁夏脱贫攻坚的主战场。

"山里娃可以靠知识改变命运,教出一个学生,就能脱贫一家人。"马彦国说。看到村里的孩子因家境贫寒失学、辍学,他都会跑到学生家里、庄稼地里劝学。

马海梅是马彦国的学生,也是一名初中地理教师。她至今仍记得马老师带着100元学费,去她家里劝说父母让自己上学的情景:"马老师苦口婆心地'唠叨',学习很重要,尤其是女孩子,要多读书才有出路。"

"我那时还小,只记住要好好学习,后来越长大越明白知识的重要性。"马海梅说,"多亏了马老师,我才一路坚持读完大学,现在我工作体面,家庭幸福,很满足。"

看着学生们有出息,马彦国很高兴,但对自己的孩子却满是内疚。马套子村没有中学,马彦国的几个孩子上初中只得在镇上寄宿,老伴也曾劝他去镇上教书,就近照顾孩子。"心动过,但一直没行动。我走了,村里的娃娃谁教?"

一转眼几十年,讲台上的马彦国从年轻小伙变成花甲老人,他启蒙了上千名本村学生,其中不少人已奔赴铁路、教育等工作岗位。

"过年过节,这些娃娃都会发短信或者打电话问候一声,他们有出息了还记得老师,我又高兴又自豪。"马彦国说。

微语录

"教书育人是一辈子的事,人的一生只要想做点事,在哪都是做。既然留下来,就要起点儿作用。"——马彦国

微评论

微信网友"默默无闻"：春蚕到死丝方尽，蜡炬成灰泪始干，在您的身上深刻体会到了。伟大的老师，为您点赞！

微信网友"咖啡豆"：您的谆谆教导、无私奉献必将成为孩子们不竭的学习动力！

"布衣教授"吴树鸿

吴树鸿,自学编程,历时 4 年开发完成配网故障智能诊断系统,实现了故障处理时间从"分钟级"向"秒级"的跨越,成为台风等极端天气下快速抢修复电的好帮手,开启了全国智能配网调度的先河。该系统成为及时向客户提供停复电信息的利器,调度故障信息处理时间从 6 至 10 分钟降到 10 至 60 秒,降幅达 97%,保百姓万家灯火通明。

吴树鸿身上最闪光的地方,在于他快乐前行的积极心态,为了梦想而不懈努力。作为中技工的他实现了向广东省五一劳动奖章、佛山"大城工匠"、大学研究生兼职导师的华丽逆袭,他用自己的亲身经历告诉大家,平凡人踮踮脚,行动起来,也可以触及梦想。

"大城工匠"吴树鸿

《经济日报》记者　张建军　通讯员　沈甸

吴树鸿入职南方电网广东佛山供电局 22 年,从一名技工,成长为广东省劳模、佛山市首届"大城工匠"。他还是南方电网广东佛山供电局电力调度科技创新的带头人、广东电网公司二级技能专家,同事口中的"跨界全能王"。

"供电局就是我的创新工作室"

8 年前的一天下午,吴树鸿把一个全新"事物"——自主研发的配网故障智能诊断系统拿到部门主任吴海江面前。"那个系统,可以说是开启了我们智能调度的先河,在全国应该都是首创。"吴海江回忆说,"它可以自动整合分析告警信息,瞬间实现告警信息的批量处理,快速得出诊断结果。尤其是在恶劣天气下,故障处理时间从 6 至 10 分钟降到 10 至 60 秒,为一线抢修争取了时间,客户也能早一分钟用上电。"

对吴树鸿来说,这个故障智能诊断系统,仅仅是佛山配调集约化的第一步,在他的心中还有着一份更宏伟的蓝图:打通调度、客户服务、急修等业务模块之间的信息壁垒,构建信息共享平台。为了实现这一想法,吴树鸿用了近 4 年时间,佛山供电局营配信息集成系统最终实现调度、营销的全打通和全覆盖,之后又成为广东电网配电网管理支撑技术平台的设计开发蓝本,并被推广到整个南方电网。

通过这个跨界项目,吴树鸿奠定了他创新的土壤,他常说:"能做成这件事,靠的就是佛山供电局这个特大型创新工作室。"

"创新就像打游戏"

在同事眼里,吴树鸿的脑子就像哆啦 A 梦的口袋,里面装着各种各样的奇思妙想。生活中的吴树鸿也是如此,他家绿植环绕的阳台上,一整套全自动灌溉系统可以自动喷水,各种花花草草生机盎然。在一间用智能开合窗帘隔开的卧室里,堆放着他的吉他、乐谱和各种摄影器材等。吴树鸿说,他创新的孵化器就是生活。

有一天,吴树鸿准备开车带着家人去一个水乡游玩,他习惯性地打开百度地图进行导航,忽然拍了一下大腿,一个念头在他的脑袋里闪现:指引现场抢修工作的配网单线图是否可以像百度地图一样,实现手机定位及导航功能呢?于是,他马上打开手机备忘录,把这个想法记录下来。而这个来源于生活的灵感,最终变成"佛山 GIS 移动应用 APP",经过不断优化完善,解决了全网设备准确定位查询、停电实时分析、单线图实时查询三大功能。

从此,现场作业人员不仅可以实时获取全网最新线路图,而且精准的设备导航功能还满足了全局上下不同业务的需求,不管是新入职员工,还是轮换岗位员工、分管台区的客户经理等都能用上。

吴树鸿把每天的工作时间划分为早、中、晚三个时段。有人问他,为什么休息时间还要搞创新,不去看看电视、打打游戏放松一下?"这难道有什么区别吗?"吴树鸿说,"创新就像打游戏,每通过一个小关卡,都有着强烈的满足感,甚至更加有趣。"在吴树鸿的脑海里,似乎没有"加班"这个概念,他只是在做自己喜欢的事。

"早日让自己的创新走出国门"

无论是创新计划、工作安排,还是家庭装修、拟定旅行攻略等,吴树鸿凡事都要画一张思维导图,他的笔记本里画满了图,缜密的思维逻辑印刻在吴树鸿的脑海里,他早已化身为"行走的思维导图"。吴树鸿热衷于把好东西分享给大家,如今,佛山供电局很多人都在电脑里安装了思维导图软件。

曾经,吴树鸿也有过"自闭"的时候。同事张明震告诉记者,那是2002年前后,他和吴树鸿同为值班员,一天下班,他想约吴树鸿打球,却发现吴树鸿正一个人愁眉苦脸地坐在电脑前,桌上摆放着一沓沓报表。吴树鸿在思考如何把每日人工填报的信息变成自动化系统。最后,同事彭俊杰主动给他讲解自动化系统方面的知识,之后两人共同完成了对调度日行报表系统的优化。吴树鸿也第一次体验到联合创新的甜头,他也认识到,创新也要依靠大家的力量。

在这之后,吴树鸿再也不会闷起头来搞创新,遇到跨专业难题,他见到懂的人就问。研发系统缺资源,他就去各部门找。

吴树鸿希望有朝一日,能让自己的创新走出国门,走向世界。如今,"大城工匠"吴树鸿穿着一袭蓝色工装,以兼职导师的身份,走上了佛山科学技术学院的讲台,也走向了永无止境的创新之路。

微语录

"创新就像打游戏,每通过一个小关卡,都有着强烈的满足感,甚至更加有趣。"——吴树鸿

微评论

微信网友"电击小子":我也是个热爱创造,时常发明小东西的普通学生,向前辈学习,能学以致用,希望小发明未来可以派上大用场。

微信网友"喜洋洋与黑太狼":大国风范,大国工匠!

"毛衣奶奶"韩翠菊

用一双巧手，给贫困地区的孩子织毛衣、送温暖，浙江省宁波市鄞州区东柳街道老人韩翠菊已经坚持这样的善举整整 15 年，超过 1500 件"爱心毛衣"被送往四川、湖南、吉林、新疆等 10 多个地区。她只有一个朴素心愿：让孩子们的冬天暖一点。她也因此被大家亲切地叫作"毛衣奶奶"。

在韩阿婆爱心精神的引领下，鄞州东海花园社区成立了韩阿婆爱心工作室，组织了"百人编织团"，社区还陆续收到来自全国各地如四川、河北、福建等地网友寄来的爱心毛线，累计 500 多斤。从一个人的坚守化作一座城市的爱心举动，韩阿婆用自己的双手编织起一张爱心网，传递人间真情。

"毛衣奶奶" 15 年坚持为贫困孩子 "织爱"

新华社记者 顾小立

得知 320 件爱心毛衣从浙江宁波顺利出发跨越数千公里送往新疆库车，韩翠菊脸上露出了满意的笑容。

在毛衣之外，韩翠菊还给当地的孩子们捎去了一份落款是"宁波韩奶奶"的信："希望你们好好学习，有什么需求写信告诉我。如果毛衣合身的话，明年奶奶再给你们寄。"

从 2005 年到现在，韩翠菊坚持用织毛衣的方式给贫困地区的孩子送温暖，目前已累计捐出超过 1500 件毛衣，成为远近闻名的"毛衣奶奶"。

"我的愿望很简单，那就是让孩子们的冬天暖一点。"韩翠菊说。

因爱而"织"

韩翠菊家住浙江省宁波市鄞州区东柳街道，今年 84 岁。她说，15 年前在电视上看到的一幕,让本已到含饴弄孙年纪的她为爱心事业再次忙碌了起来。

"那年春节,我和女儿无意中在节目里看到,贫困地区的孩子们冬天衣着单薄,有的甚至没有一件像样的毛衣。"韩翠菊说,她边看电视边陷入了沉思,总觉得自己应该为孩子们做点什么。忽然,一个朴素的心愿涌上心头——

"我们家里有毛线,我给他们织。"

说做就做。几个月之后,老人亲手织了36件毛衣。老人让女儿联系了需要毛衣的一所本地学校,并亲自送了过去。

"奶奶织的毛衣真好看!"看到各种卡通图案的毛衣,学校里的同学们都爱不释手。不过毛衣数量有限,有两个孩子因为没有分到毛衣,当场哭了鼻子。

韩翠菊看在眼里,格外心疼:"别哭别哭,奶奶再给你们去织。"

从此以后,"毛衣奶奶"便把织毛衣当成了退休生活不可分割的一部分,家里的橱柜里逐渐塞满了各式各样的毛线。"每次出门,总想着买点毛线,久而久之家里就越堆越多了。"韩翠菊笑道。

年过耄耋的韩翠菊,给自己立下"小目标":"一星期织一件毛衣,一年就可以织50件。"

因爱而"痴"

"我母亲是真的很用心在做这件事,她很快乐。"韩翠菊的女儿章女士说。

章女士打心眼里佩服母亲的毅力。在她眼中,母亲不光要把毛衣织得暖和,还整天琢磨着如何把毛衣织得更好看。"有时候她觉得颜色太单调,就自己配色或者加一点配饰。"

"怎么样?这毛衣好看不?"每当章女士的耳边响起这句话时,她知道母亲又完成了一件"大作",正满怀期待地请她"把把关"。她觉得,母亲在这把年纪还有这种把爱心坚持下去的精神,令人动容。

"她每天除了吃饭睡觉,多数时间都在织毛衣。"章女士说。

在韩翠菊的房间里放着一把白色塑料椅,她习惯每天一边看电视,一边坐在椅子上织毛衣,一坐就是几个小时。有时候早上三四点钟就醒了,怕打扰到老伴,她索性躲在洗手间织毛衣。

章女士回忆,前两年母亲去韩国济州岛旅行,别人在海边看风景,她却在海边织起了毛衣。朋友忍不住拍了张照片发给章女士,说:"你妈太敬业了,出来旅游都不忘这宝贝!"

看到照片,章女士忍不住笑了。"我真是服了她了,有一次旅游回来,她竟然织好了两件毛衣。"

出门坐公交车,韩翠菊会在等车间隙坐在长凳上织毛衣;去医院看病,韩翠菊在等候叫号的时候织毛衣;晚上失眠睡不着,韩翠菊便翻出毛衣织上两针——身边的朋友打趣说,织毛衣已经让韩翠菊"入了迷"。

四川、云南、贵州、吉林、湖南、新疆……15 年来,经韩翠菊手织就的一件件毛衣被运往全国各地。她总说,只要身体允许,她会一直织下去。

"我知道,母亲是因'爱'而'痴'。她牵挂的,一直是那些需要毛衣的孩子。"章女士说。

因爱成"诗"

最近有一件事让韩翠菊觉得特别高兴,那就是越来越多的编织爱好者在知道她的事迹后,决定自发加入"爱心毛衣"的制作队伍,一起为贫困地区的孩子织毛衣、送温暖。

宁波市鄞州区东柳街道东海花园社区发起的"百人编织团"是这些爱心团体的代表。目前,团队已经招募了多个街道社区 100 多名编织手工志愿者,他们有些领取了毛线、工具加入编织队伍,有些爱心人士自备毛线赶制毛衣。

"现在社区也陆续收到很多爱心市民寄来的闲置毛衣,还有来自四川、河北、福建等地的爱心网友特意将毛线快递过来。"东海花园社区党总支书记王蓓说,年初,社区收到了一个来自福建莆田的包裹,里面有一个红白相间的编织袋,袋子里装的都是全新的毛线,"但包裹里没有留下任何信息。"

"现在有这么多人帮我,我们的爱心能量越来越大,有更多的孩子有毛衣穿了。"韩翠菊说。

"毛衣奶奶"的爱心故事,温暖了宁波一座城,也给了一些文艺工作者创作灵感。宁波诗词创作人"湿人甲"写了一首题为《织爱》的诗,专程为"毛衣奶奶"点赞。在《织爱》的结尾,"湿人甲"用深情的诗句写道:

虽然未曾谋面
却能触摸你的容颜
千丝万缕
编织爱的语言
虽然未曾相见
却能感觉你的笑颜

千丝万缕

编织温暖人间

微语录

"我的愿望很简单,那就是让孩子们的冬天暖一点。"——"毛衣奶奶"韩翠菊

微评论

微信网友"夕阳无限好":善行无疆,赤诚大爱!

微信网友"幸福的人":因爱而"织",因爱而"痴",因"毛衣奶奶",这个冬天不再寒冷。

"隔离点大管家"刘芳

刘芳是江汉区房管局保障科的科员,是一名有着17年党龄、23年军龄,转业仅一个月的房管基层干部。疫情之下,1月26日,她主动请战,参与筹建和管理3个隔离点。她与心理咨询组成员、医疗组成员一起把病人转移到隔离病区进行隔离,进行心理咨询辅导,并准备日常洗漱用品送至隔离房间。疫情期间,刘芳充当"临时妈妈""义务教师",争做"知心姐姐""邻家女儿",彰显党的关怀,体现军人本色。

越艰险,越抗击!

——转业军人刘芳疫情征战纪实

中国建设新闻网记者　王立君

爱心,是一剂良药

突如其来的疫情让民众都绷紧了神经,新型冠状病毒的密切接触者的隔离房间更让人谈而色变。

"他们的亲人有的已经确诊,他们担心自己也会染病,担心医院没有病床,担心无法治愈,在隔离的空间里,会有很多不好的联想。对疫情的恐慌,对病毒的未知,加上抬眼可见的体温测量枪和检测设备,会让患者焦躁不安。"正因如此,刘芳所在的隔离点,专门设置了心理咨询团队。设身处地,将心比心,医病更医心,这就是成立隔离点心理咨询团队的初衷。

在江汉区密切接触者集中隔离点小天鹅酒店,11岁女童玲玲(化名)的父亲被确诊为新冠肺炎患者进入医院治疗,母亲远在北京,而玲玲作为密切接触者被街道送到隔离点。谁来照顾这个孩子?这时候,"临时妈妈"挺身而出。有着23年护理经验的转业军人刘芳,接过了照顾玲玲的接力棒,正式走马上任成为玲玲的"临时妈妈"。刘芳为玲玲买了零食、书籍,当刘芳得知孩子上课需要打印课件,立即为孩子准备齐全。玲玲有学习上不懂的问题,也经常向刘芳请教。"在隔离点,我们就是患者的家人。"刘芳以临时看护人的身份和玲玲共处两周时间。

狂躁,是要找对方法

1月30日,江汉区密切接触者集中隔离点悦酒店接受了从社区转来的一名42岁的新冠肺炎密切接触者,他因为父母相继感染新冠肺炎而情绪崩溃,精神狂躁,大呼小叫,甚至说出威胁性的话语。面对如此具有攻击性和威胁性的言语和举动,在场的安保人员也避之不及。

然而,刘芳却无所畏惧,她与心理咨询组成员、医疗组成员一起把该病人转移到隔离病区进行隔离,进行心理咨询辅导,并准备日常洗漱用品送至隔离房间。

越危急,越向前。无论遇到什么困难险阻,也阻挡不了她前行的脚步。"我是一名参加过汶川救援的军人,我也知道危险,但这是一位党员和军人的责任。"刘芳这样说。

奋战,才能打赢阻击战

"疫情就是命令,身为一线工作人员,抗击病毒,责无旁贷。"都说隔离点的工作辛苦,一肩挑起隔离点心理咨询和日常协助护理的刘芳是同事们眼中的"大管家",她不仅负责隔离病房密切接触者的心理咨询辅导,还要负责工作流程的梳理,医疗用品和物资的准备和分派,密切接触者进出的数据统计,医疗组和密接触隔离者的沟通。

每天穿着厚重的隔离服,她不停地循环于各个密切接触者的隔离房间,执行医嘱,耐心安抚。从2003年"非典"、2008年汶川地震救援中走来,历经甲流、雪灾、抗洪等多次事件,一次次历练,让刘芳有一种淡定,这种淡定让每一位隔离者安下心来。她有时会跟隔离者们讲起自己的经历,她回忆10多年前的"非典"医疗救援,其防护措施远不及今天,12年来,医学发展、科技发达、资讯丰富,与当年早已不可同日而语。新冠肺炎来势凶猛,要做好个人防护,杜绝一切不必要的恐慌。国家已高度重视,上下一心,一定能打赢这场战役。

刘芳是江汉区房管局保障科的科员,也是一名党员。疫情之下,1月26日,她主动请战,加入到江汉区密切接触者集中隔离医学观察点工作。她的丈夫也是一位军人,得知此事后只说了一句:"孩子老人交给我,你记得照顾自己!"国难当头,军令如山,党旗所指,就是战斗的方向。

1月26日至今,刘芳一直奋战在抗疫第一线,日夜连轴转,换来的是江汉区第一家隔离点至第三家隔离点顺利运行,仅十天就提前完成。"硝烟尚未散去,当前正值疫情防控关键期,一刻也不能停。"

"退伍不褪色,人民解放军永远是人民的守护者。"刘芳是江汉区密切接触者集中隔离点团队中的一员,她用实际行动诠释了"巾帼不让须眉,妇女能顶半边天"。我们坚信,有了他们用血肉筑起的防护长城,定能坚决打赢这场疫情防控阻击战。

微语录

"我是一名参加过汶川救援的军人,我也知道危险,但这是一位党员和军人的责任。""疫情就是命令,身为一线工作人员,抗击病毒,责无旁贷。"——转业军人刘芳

微评论

微信网友"亲情是润玉":军人始终是最可爱的人!

微信网友"司马伊萱":这样的事迹应该写进课本,让学生们明白什么是无私奉献。

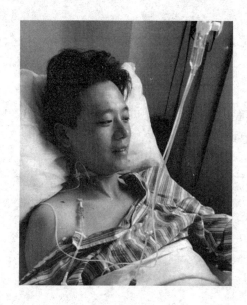

"捐肝救母"李晨辰

李晨辰是上海市青浦公安分局夏阳派出所办案警组警长,春节后他一直忙碌在基层抗疫一线。4月1日晚,他接到母亲的电话,说胆囊的位置有些不适。本来母亲觉得是小毛病不必去医院,李晨辰却坚持带她去医院检查。4月4日,母亲病情恶化,陷入昏迷,转入上海市仁济医院,医院下达了病危通知。医生表示,李晨辰的母亲急需肝移植来挽救生命,考虑到时间问题,只能在亲属中匹配检测,且年龄要在55周岁以下。李晨辰毫不犹豫地决定要捐出肝脏救母亲。

孝警捐肝,母亲成为儿子的"新肝宝贝"

新华社记者 王辰阳 朱翃

一直忙碌在基层抗疫一线的上海民警李晨辰,度过了人生31年来最难忘的春天。4月初,李晨辰的母亲因为急性药物性肝损伤导致昏迷,急需肝移植手术。在匹配完成后,李晨辰毫不犹豫地决定要捐肝救母。如今,手术已经顺利完成,李晨辰却仍然没有告诉母亲是自己捐出了大半个肝脏。在他看来,"儿子救母亲是本能反应,一切都是值得的"。

捐肝救母没有丝毫犹豫

李晨辰是上海市青浦公安分局夏阳派出所办案警组警长,春节后他一直忙碌在基层抗疫一线。4月1日晚,他接到母亲的电话,说胆囊的位置有些不适。本来母亲觉得是小毛病不必去医院,李晨辰却坚持带她去医院检查。随后母亲在医院打了吊针,李晨辰来回奔波照顾母亲。但在第二天晚上,舅舅突然打电话给李晨辰,告知他在家的母亲情况不太好。原来是母亲怕耽误李晨辰工作,身体不适先告诉了舅舅。

李晨辰急忙叫 120 将母亲送往医院,经检查是急性药物性肝损伤,且症状逐渐加重。4 月 4 日,母亲病情恶化,陷入昏迷,转入上海市仁济医院,医院下达了病危通知。医生表示,李晨辰的母亲急需肝移植来挽救生命,考虑到时间问题,只能在亲属中匹配检测,且年龄要在 55 周岁以下。经过检测,李晨辰和舅舅的肝脏都可匹配。

"检测结果等待了一天,那天的每一秒都是煎熬,就怕结果是不匹配。"李晨辰回忆道。结果出来后,他没给舅舅开口的机会,毫不犹豫地决定要捐出肝脏救母亲。李晨辰说:"如果移植大半个肝脏能够救回妈妈,那么一切都是值得的,相信一般为人子的都会做出同样的选择。"

紧张的术前准备工作迅速完成。在从家赶往医院的路上,妻子一直陪伴着李晨辰,情不自禁地流下泪水。李晨辰心里明白,妻子一方面很支持他救母亲的决定,一方面又忍不住心疼他的身体。

瞒着母亲捐出大半个肝脏

手术从 4 月 5 日上午 6 时开始,供体手术时长 6 个小时,受体手术时长 9 个小时。上海市仁济医院方面介绍,李晨辰捐出了约 800 克的肝脏,以同时满足供体、受体今后日常生活工作的需要,这相当于他原有肝脏的 60%,占受体体重的 1.35%。

手术顺利完成。李晨辰在手术后第一次探望母亲时,母亲吃力地问他:"你最近怎么样?"李晨辰赶紧回答:"家里面都很好,你不用担心。我工作比较忙,前两天没来看你,我最近抽空都会过来的。"李晨辰不想母亲生疑担心自己,决定等母亲康复回家后再告诉她发生了什么。

捐出大半个肝脏难免会对身体健康产生影响,李晨辰却很乐观,他表示术后检查自己的身体恢复得不错,"短期对身体确实有一定影响的,但我毕竟还年轻,才 31 岁,今后多注意一点,应该能够养好的"。

同事间也有肝胆相照

李晨辰手术后,单位领导和同事也前来慰问,派出所的兄弟们还特意错开了勤务安排,每天轮流来照顾李晨辰,这令他颇为感动。在同事们眼里,李晨辰不仅身体力行"百善孝为先"的传统美德,在工作中也尽职尽责、待人友善,甚至还有"顶班侠"的称号。

李晨辰所在的办案警组工作十分忙碌。之前,组员小马接到电话说女儿生病了,但他被安排了交通大整治的任务,还没等小马开口,李晨辰便穿戴上了整套装备,"兄弟,我出发去交通大整治了,有我出马,你放心"。类似"顶班"的情况数不胜数,班组里的同事都笑称李晨辰是旋转不停的陀螺。

在抗击疫情期间,派出所里人手紧张,李晨辰主动请缨担任值班长,将他所带领的办案警组加入值班序列,缓解了同事们的排班压力。大年初四,李晨辰和同事们参与侦破一起药店销售假口罩的案件,并抓获了犯罪嫌疑人,及时维护了群众的切身利益和健康安全。

这个春天,对李晨辰来说是难忘的,他一直很感恩有家人和同事的照顾,也庆幸自己能够救回母亲。而他的故事正激励着更多的人,网友用上海话称赞他是"上海模子",是大家学习的榜样。

微语录

"儿子救母亲是本能反应,一切都是值得的。""如果移植大半个肝脏能够救回妈妈,那么一切都是值得的,相信一般为人子的都会做出同样的选择。"——上海民警李晨辰

微评论

微信网友"爱好广泛的孩子王":亲情总会创造奇迹!祝福这一家人,愿他们幸福平安!

微信网友"古瓷":鸦有反哺之义,羊知跪乳之恩。以肝补肝,换来生命。

"渐冻人主播"黄志铭

黄志铭是荔枝 FM 的一位主播,他从小体弱多病。23 岁那年, 他被确诊患有 BMD(贝克肌营养不良症),这是一种肌肉罕见病, 患者的全身肌肉会逐渐萎缩,慢慢丧失行动能力,最终走向死亡。黄志铭并不甘于命运的安排,他咬牙坚持,全身心投入工作,誓要与病魔较量。现在他被网友亲切地称为"飞叔",网名叫"FaceLive 飞逸"。今年 2 月,为了能给居家隔离的群众增添放松的方式,他所在的 FaceLive 团队把准备收费的二十一集节目免费分享给听众,为抗击疫情贡献"声音的力量"。

"飞叔"黄志铭:冰冻不住的灵魂

荔枝 FM

被网友亲切地称呼为"飞叔"的黄志铭,网名叫"FaceLive 飞逸",是荔枝 FM 的一位主播。今年 2 月,为了能给居家隔离的群众增添放松的方式,他所在的 FaceLive 团队把准备收费的二十一集节目免费分享给听众,为抗击疫情贡献"声音的力量"。

"飞叔"黄志铭以"知行合一"为座右铭,在他看来,"知"就是要有善良的初心,"行"就是将信念加以实践。知行合一,就是要树立并坚守正确的价值观,一生奉行。

黄志铭从小体弱多病,23 岁那年,被确诊患有 BMD(贝克肌营养不良症)。这是一种肌肉罕见病,患者的全身肌肉会逐渐萎缩,慢慢丧失行动能力,最终走向死亡。黄志铭并不甘于命运的安排,他咬牙坚持,全身心投入工作,誓要与病魔较量。

在黄志铭与命运搏斗的十年里,他先后遭遇了生意的失败和婚姻的破裂。生来倔强的他并没有因此放弃,而是以更加顽强的意志,让逐渐"冰冻"的身体与时间和现实赛跑。为了赚钱还债,他尝试了许多工作,不仅做过电脑硬件销售和安装维护、跑过摩的,还通过自学成为一名配音员和主播,掌握了写文案、播音、后期制作等音频生产技能。渐渐地,他的生活有了起色,家里的收支也恢复了平衡,他的经历和永不放弃的精神让许多人刮目相看。

2017年,黄志铭成立"飞叔有嘢讲"自媒体团队,通过自身努力研究粤语教学,用直播弘扬粤语文化和岭南文化,将自己直面磨难的勇气和笑对人生的态度传递给广大网友。

在不断克服自己所面对的困难的同时,黄志铭还希望帮助更多罕见病患者和残障人士,他积极投身公益事业,帮助罕见病群体走出病痛的阴霾。

"早在2011年,我们就筹办了第一次公益活动,呼吁人人奉献,帮助罕见病群体。"活动的成功鼓舞了黄志铭,他开始走上筹款救人的道路,并为此做了很多探索和尝试。他不断阅读相关书籍,访问各地公益机构,学习各种先进的公益理念,在2016年成立了广州市荔湾区众援力罕见病关爱中心,通过募款累计帮助70多个因罕见病而背负沉重经济负担的家庭,还举办了多场大型公益活动。

2019年,黄志铭创办FaceLive声视工作室,建立网络教学团队,帮助弱势群体学习就业,实现以公益推动社会企业发展,以商业反哺公益的良性闭环。他希望能够通过这种"授人以渔"的方式,让更多残障朋友像他一样,将声音作为一种谋生手段。

在人生道路和公益道路的选择上,"飞叔"黄志铭克服了许多磨难和挫折,他始终坚信,"人要不畏困难,坚持善行,为社会做出真正贡献,才能体现真正的人生价值"。

微语录

"人要不畏困难,坚持善行,为社会做出真正贡献,才能体现真正的人生价值。"——"飞叔"黄志铭

微评论

微信网友"鸟语花香":"飞叔"虽然患病但仍坚强地生活着,我们是健全的人,更要努力,不要浪费美好的青春,多做些有意义的事情,服务社会!

微信网友"Gjhxisbd":深深地被那种不向命运屈服、热爱生命的精神所感动。是啊,要想使自己的人生变得有价值,就必须经受住磨难的考验;要想使自己活得快乐,就必须接受和肯定自己!

"严寒下的坚守"于维平

于维平是张家口市公安局塞北分局交巡警大队大队长，疫情防控阻击战打响后，张家口市 1 月 26 日在与内蒙古锡林郭勒盟的交界处 239 国道设立了塞北管理区疫情防控检查站。于维平和交巡警大队的 7 名同事第一时间来到检查站，配合卫生防疫部门对来往车辆和随行人员进行 24 小时严格检查。他知道，这是塞北管理区疫情防控的第一道关口，只有守住这道关口，才能保护好辖区人民的生命安全和身体健康；他更知道，这是一场没有硝烟的战争，考验着每一名共产党员的责任与担当。

河北张家口民警零下 28℃严寒里讲述最"美"坚守

中国警察网记者 张建林 臧新茂

眼镜上笼着雾气，哈气在口罩上结出了冰凌。河北省张家口市一名执勤民警在疫情防控阻击战中低头查看证件的瞬间被记录下来，令人泪目，引发热评。而这张在零下 28℃环境下拍摄的照片，仅仅是他在检查站连续工作 4 个多小时的缩影。网友纷纷留言，我不知道他是谁，我却知道他为了谁。

2 月 4 日晚，记者连线这位民警。他叫于维平，是张家口市公安局塞北分局交巡警大队大队长，目前正在张家口市塞北管理区疫情防控检查站执行疫情防控任务。

"这里是张家口市和内蒙古锡林郭勒盟的交界处 239 国道，每天通行车辆 500 多台，行人 700 多人。"于维平说，"虽然人和车不算多，但我们 24 小时都在岗位上，为了人民群众生命安全和身体健康，我们绝不漏过一辆车、一个人。"

据了解，按照张家口市公安局的工作部署，检查站 24 小时对进入塞北管理区的重点车辆、非法贩运活禽和野生动物的车辆进行拦截查控，协助卫健部门做好疫情监测工作,人员检查和病患控制工作;做好监测点道路交通秩序的维护。

2月,是这里一年中最冷的季节,于维平和战友们穿了三层棉裤,棉服外套着羽绒服,戴着棉帽子、防风护目镜和口罩,依然能感受到彻骨的寒冷。"我们都已经习惯了,这次执行疫情防控任务,我们的主要工作是配合相关部门严格检查,维护交通秩序,确保群众安全。"

8个人分成4组,24小时不间断上岗。他们讲述着这个寒冬里最"美"的坚守。据统计,截至目前,塞北管理区疫情防控检查站已经检查过往车辆近5000台,检查人员近万人。

"虽然气候恶劣,条件艰苦,但是每一个人都咬牙坚持,坚决完成党组织交给我们的任务。"于维平坚定地说。

微语录

"我也知道战斗在这里风险高、条件差、责任大,但为了确保人民群众的生命安全和身体健康,我还要继续带领大家坚守下去,用实际行动为老百姓打造一道坚实的安全屏障!每一名共产党员,都应该行程万里,不忘初心。当我们把个人的初心与警队的使命联系起来时,天地才能为之广阔,生命才能充盈荣光。"——张家口市公安局塞北分局交巡警大队大队长于维平

微评论

微信网友"长城":战疫路上,你就是群众的坚强后盾。

微信网友"丽丽":你们是平凡岗位的真英雄,向你们致敬!

"00后"购药志愿者张玉欣

张玉欣曾是"第七届世界军人运动会"的"小水杉"志愿者。在疫情期间，社区封控防疫，为了满足居民用药需求，张玉欣主动报名，成为"志愿关爱行动"药品采购志愿者，承担起为居民送药的任务。当志愿者跑腿很辛苦，每天从早跑到晚，天黑了还在挨家挨户地送药。她虽然嘴里喊着累，但从未停止手上的活。因为她知道现在是特殊时期，马虎不得，她知道肩上有责任。她说，在这奔忙的2个月里，收获了温暖，也收获了成长。

武汉市汉阳区"00后"志愿者张玉欣

—— 为居民买药送药争分夺秒

《人民日报》记者　范昊天

"阿姨，您的处方单是以前的，药店说需要新的处方单才能开药，请您让主治医师再开一张发过来吧。""叔叔，您要的药没有了，您看看这种行不行？"……在武汉市汉阳区晴川街的一家药店里，19岁的张玉欣一边跟店主报需求，一边联系居民询问购药的细节，忙得不可开交。

张玉欣是武汉本地的"00后"大学生，疫情发生后，她主动到社区报名，成为一名志愿者，主要负责给居民买药送药。"之前我有过志愿服务经验，现在我们的城市遇到困难了，我想继续为家乡人民出一份力。"张玉欣说。

张玉欣工作的汉阳区晴川街龙灯社区龙灯里小区是一个老旧小区，居民大多是老年人。为了满足居民多样化的用药需求，张玉欣和同事们经常从早跑到晚，遇到一些难买到的药，还得一家家药店去询问，经常饭都来不及吃。

"虽然只是跑腿的工作，但有些药对居民来说是'救命药'，我们必须争分夺秒去买。"张玉欣说,小区居民买高血压、糖尿病等慢性病的药物比较多,有的隔几天就需要买一次。最多的时候,她一天要买五六十种药品,光排队就要好几个小时。

让张玉欣印象最深的是,一天下午,她接到居民求助:一名 70 多岁的危重症患者急需球蛋白。她和同事立即开车外出找药,一家家药店去询问,从汉阳一路搜寻到汉口,辗转 10 多家药店,终于在快要天黑时,在一家即将打烊的药店买到了药。当他们把药送到求助的居民手中时,对方感动得热泪盈眶。

志愿者的辛苦付出,居民都看在眼里。"开始时一些居民不放心,但看到那些买药的居民不仅拿到了急需的药,找零的钱也一分不少,现在他们都提前写下医保卡密码,放心地把医保卡交给我们购药。"张玉欣欣慰地说。

微语录

"之前我有过志愿服务经验,现在我们的城市遇到困难了,我想继续为家乡人民出一份力。"——张玉欣

微评论

微信网友"群策群力":让美丽在默默奉献中绽放,让青春留下闪光的足迹,为你点赞!

微信网友"人民 sYFjE":新时代新希望,祖国的未来!

"徒步送学"的乡村教师王金良

王金良是浙江省衢州市常山县宋畈中心小学东鲁完全小学的一名语文老师,从教37年来,他始终坚守在乡村教育一线。因疫情影响,今年2月份,浙江启动了线上教学。为了督促学生及时认真完成作业,并掌握他们当天的学习情况,自2月28日以来,王金良每天下午背着约10斤重的书包,步行去35名学生家中收发、辅导作业。一天2趟,每趟2小时,途经8个自然村,风雨无阻。"读书能改变他们的命运。"王金良说,"还有两年多我就要退休了,我会站好最后一班岗,为这些期待走出大山的孩子守好教育的第一站。"

35 个孩子的作业本,一个也不能少

新华社记者 许舜达 郑梦雨

15公里长的乡村小路上,58岁的王金良背着约10斤重的书包,步行去35名学生家中收发、辅导作业。一天2趟,每趟2小时,途径8个自然村,风雨无阻。

王金良是浙江省衢州市常山县宋畈中心小学东鲁完全小学的一名语文老师,从教37年来,他始终坚守在乡村教育一线。疫情影响下,为了不让班上的学生落下功课,他白天和孩子们一起上网课,下午3点出门收取孩子们完成的作业,批改后,第二天一早再去送作业。这样的日子已经持续了近50天。

35 个孩子的作业本,一个也不能少

王金良住在常山县辉埠镇双溪口村。早晨六点半,他便背上一只红色双肩包,穿好运动鞋出门。沉甸甸的双肩包里装着的,是前一天晚上批改好的35名学生的作业本。

因疫情影响,今年2月份,浙江启动了线上教学。起初,王金良也尝试过在线上平

台批改作业,但效果并不理想。"这些孩子大部分是留守儿童,他们有的父母早早就出门打工,把孩子留给老人抚养,35个学生中,上交作业的不到一半。"王金良说,因为自己年龄已大,对着手机批改作业,对视力是个很大的挑战。

为了督促学生及时认真完成作业,并掌握他们当天的学习情况,自2月28日以来,王金良采用了最"麻烦"的方式去收发学生的每日作业——走路上门。"这个办法虽然笨拙,但最有效。"王金良说。

王金良收发作业有固定的路线。35名学生分布在8个自然村,一圈走下来,超过15公里。"我不会开汽车,会骑电瓶车,但几十年了,我习惯了走路。学校离家10里路,我平时上下班都是走路的。"王老师说,通过这样的方式去学生家收发作业本,还能为学生树立锻炼身体的好榜样。

送完作业,回到家吃过早饭后,还不到早上9点,王金良打开手机,和孩子们同步观看"空中课堂",他的教科书上写满了批注。上完课,布置好作业,他自己也要做一遍。"熟悉每道题,才能更好地给学生批改作业。"下午3点多钟,王金良背起双肩包再度前往学生家,这次他是要去收取学生们完成好的作业。同样的路线,同样耗时2个小时,王金良没有丝毫的厌倦和疲惫。有时发现学生遇到学习困难,他还会停下脚步,主动对学生进行辅导。

作为党员教师,要对得起每一个学生

每个学期王金良都会上门家访,学生住在哪个村的哪条巷,王金良"闭着眼睛都能找到"。不少学生家长,还是他过去曾经教过的学生。

"王老师比我们做父母的还尽职,每次看他给孩子耐心讲作业,我心里都很感动,山村的孩子离不开他。"提起王金良,学生王梦妮的爸爸赞不绝口。自从王金良上门收发作业以后,还有的家长这样督促孩子写作业:"你看王老师又来送作业了,老师都能每天坚持,你怎么不能坚持……"

受王金良影响,女儿王巍如今在常山县城的一个幼儿园当幼师。王巍记得,一次下大雨,按照往常父亲应该收完作业回到家了,那天却迟迟不见身影。"后来我们才知道,他为了不让学生的作业本被淋湿,躲在路边一处凉亭里,怀里护着的作业本完好无损,他全身却被雨水打湿了。"

王金良的语文课本上标记得密密麻麻。他最喜欢《丰碑》这篇课文,课上每每给学生读到"雪很快地覆盖了军需处长的身体,他成了一座晶莹的丰碑",自己常常动情落泪。

"1983年参加工作以来,我当了28年班主任。最开始教书的时候,一个月拿26块钱工资,现在生活上过得去。我在本地乡村长大,就想为这里的孩子做点事情。"王金良说,自己是教师,更是一名党员,要对得起每一个学生。王金良的身体力行,被同事们看在眼里。为了督促孩子们在家学习,学校的其他老师也被带动,每个星期去学生家里辅导作业好几次。

坚守乡村教育一线,站好最后一班岗

东鲁完全小学就挨在小山边,学校的小操场至今还是砂石路跑道。学校一共有 151 名学生,11 位老师,每个年级只有一个班。为了迎接学生返校,教室里已经布置好了宣传防疫的黑板报,课桌上摆好了书本和练习册。

"4 月 21 号,四、五、六年级的学生们就要开学了,老师们都已经提前准备好了。今天还给学生做了测验,开学前摸摸底。"王金良说,学校没有专门的体育、音乐老师,不少老师得兼职上好几门课。

王金良教的是六年级毕业班。在他看来,基础阶段的教育除了让孩子们学到一定的知识,更重要的是让他们学会做人,培养各方面的良好习惯。"六年级是小学的最后一站,学生就要升入中学,打好基础很重要。"几年来,东鲁完全小学陆续有不少学生考入县重点初中,走出山区。从教 37 年,王金良坚守在乡村教育一线,也见证了村里的变化:这里学生在减少,更多的家庭有能力把孩子送到县城读书,接受更好的教育。

王金良曾获常山县教育系统"最美教师""德育先进个人"等荣誉称号,2019 年还评上了全国优秀教师。坐在对面办公桌的数学老师程光洪是王金良的"老搭档",他形容王金良为"老黄牛":"他一直对学生认真负责,真心、真情对待孩子。"

王金良的事迹被媒体报道后,网友们纷纷为其点赞:"没有语言能表达现在的心情,只希望老师退休后平安康健,长命百岁。""老师的背上都是农村孩子的希望。"……"读书能改变他们的命运。"王金良说,"还有两年多我就要退休了,我会站好最后一班岗,为这些期待走出大山的孩子守好教育的第一站。"

微语录

"我在本地乡村长大,就想为这里的孩子做点事情。"——小学教师王金良

微评论

微信网友下午"3 点的地下室":好老师是学生之幸,也是家长之幸。

微信网友"凋谢的玫瑰花":想起我当年最喜欢的小学老师了,希望中国能有更多这样的好老师,孩子们的未来才会更光明。

脱贫攻坚路上的"火焰蓝"
——兴安盟消防救援支队

作为和老百姓贴得最近、联系最紧密的队伍，兴安盟消防救援支队立足消防救援职业特点和驻地"老少边穷"的地域实际，传承红色基因，与驻地各族人民群众守望相助，积极发挥防灾、减灾、救灾职能，助力脱贫攻坚。现如今，兴安盟农牧区的消防工作已构建起"齐抓共管"格局，为贫困人口避免因灾返贫创造了良好的外部环境。全盟约110万农牧民摆脱了过去"远水解不了近渴"的消防安全困境。

一个消防支队的"绣花式"扶贫

新华社记者　王靖

在决战决胜脱贫攻坚中，消防部门能发挥什么作用？位于大兴安岭南麓集中连片特困地区的内蒙古兴安盟消防救援支队积极探索，给出了生动的答案。

2014年5月7日，突泉县黄花村"火烧连营"，全村76户人家中52户受灾致贫；2018年2月9日，扎赉特旗巴彦乌兰镇脱贫户王虎家发生火灾，再度返贫……精准扶贫开展以来，兴安盟消防救援支队清醒地认识到，防火就是防致贫、防返贫，只有立足岗位最大限度地减少火灾隐患，牢牢地守住农牧民的生命财产安全，才能助贫困人口"一臂之力"。

屋外天寒地冻，屋内暖意融融。2019年12月18日，家住科尔沁右翼前旗科尔沁镇远新村的75岁建档立卡贫困户高玉良和老伴田桂兰，把炕烧得热烘烘的，惬意地睡起觉来。可谁料到，半夜炉灶周围的柴火被引燃，引发火灾，两位老人被困。"呜啦呜啦呜啦……"一阵尖锐的烟感报警器声响从高玉良家传出，邻居高红宇立刻被报警声惊醒。

他赶紧冲出去将高玉良夫妇救出,并组织乡亲们及时扑灭了大火。

在兴安盟,像这样为贫困户安装烟感报警器而被及时处置的火灾,近年来累计有50余起。兴安盟消防救援支队政治委员李红军介绍,脱贫攻坚以来,支队从注重"灾后"向注重"灾前"转变,重点在"老少边穷"地区打牢防灾减灾基础。支队在602个贫困村建立了消防志愿服务队,建设改造灌溉和消防取水"两用机井"898个,还研发"平时浇灌,战时灭火"的多功能简易消防车。

"尤其是我们联合各帮扶单位共同出资,为农牧民家庭烟囱安装防火帽9.8万个,为孤寡伤残等困难群体安装独立式烟感报警器7.6万个,加强了对高危人群的预警保护。"李红军说,高玉良夫妇能成功获救,正得益于此。

如今,兴安盟农牧区的消防工作已构建起"齐抓共管"格局,为贫困人口避免因灾返贫创造了良好的外部环境。目前,兴安盟在56个苏木乡镇、10个农牧场,累计建成83个农牧区消防站,配备102辆消防车及366名专兼职消防员,并纳入119接警系统,集中调度指挥。全盟约110万农牧民摆脱了过去"远水解不了近渴"的消防安全困境。

2015年以来,全盟农牧区火灾发生起数、财产损失金额逐年下降,再未发生过亡人火灾和"火烧连营"惨剧,为实现全盟脱贫摘帽奠定了坚实基础。

在脱贫攻坚中,兴安盟消防救援支队还不断创新方法,紧扣职业优势,通过技术扶贫、就业扶贫等举措,持续提升贫困人口"造血"能力。李红军介绍,支队组织农牧民参加消防职业资格证培训考试,并协调全盟有用人需求的企事业单位,提供消防就业岗位388个。

51岁的李敬明是扎赉特旗好力保镇的贫困户。2019年,消防支队免费提供培训,帮助仅有初中文凭的他考取了消防设施操作相关资格证,并推荐他到科尔沁右翼前旗的"海魔方"水上乐园消防控制室工作,每月收入3200元。他满意地说:"我有了稳定工作,一家人如今都搬进了城里。"

微语录

"尤其是我们联合各帮扶单位共同出资,为农牧民家庭烟囱安装防火帽9.8万个,为孤寡伤残等困难群体安装独立式烟感报警器7.6万个,加强了对高危人群的预警保护。"——兴安盟消防救援支队政治委员李红军

微评论

微信网友"没有明天":每次看到消防员的事迹都忍不住想要给他们点赞。

微信网友"哈利波特不会魔法":不但救火,还扶贫,不愧是你们。

"生命之堤的接力守护者"汪晗

在武汉,有这样一个"90后",她是1998年洪灾时解放军救出来的小女孩,现在是武汉市武昌区徐家棚街徐东社区的一名工作者,她的名字叫汪晗。今年武汉连降暴雨,汛情严重,战罢疫情来不及歇息,汪晗第一批主动报名上堤,成为月亮湾值守点巡堤员。她在雨中巡堤的照片,迅速走红互联网,以"90后"的担当感动了无数国人。

从1998年特大洪水中被救,到2020年战疫防汛,王晗的经历诠释了这句话——"长大后我就成了你!"汪晗的成长代表了从"崇敬英雄"到"成为英雄"的当代青年的风貌,体现了"90后"的责任与担当。

武汉社区工作者志愿上堤巡查:轮到我们守护家园

《新京报》见习记者 汪畅 编辑 王煜

1998年,汪晗第一次见到"这么多水"。那个当年只有8岁的小女孩,和同学一道坐在船里,被"穿着迷彩服的人"推回家。今年,已在武汉市武昌区徐家棚街徐东社区担任巡堤员的汪晗,走上防汛一线。

"22年前,人民子弟兵救了我们。如今,该轮到我们站出来守护家园。"汪晗说。

主动报名上堤

1998年留给汪晗的记忆,就是水和迷彩服。

那一年,汪晗8岁,读小学二年级。一个早晨,她按时抵达学校,没等来老师,却等来了停课的通知。于是,汪晗和几个同学一起往回走,准备回家。路上的水已经很深,没过人的大腿。路上,汪晗遇到几个穿着迷彩服的人,在他们的帮助下,汪晗和同学被抱上一艘小船,然后被推回了家。

汪晗至今不知道当年帮助自己的是什么人,但她觉得,自己当年是"被守护的人"。

22年后,已经是社区工作人员的汪晗,在经历抗疫之后,又投入防汛工作,并主动报名成为巡堤员。这是汪晗成为社区工作者的第五年,也是她第一次参加防汛工作。每天,她要在当班时间上堤查看水位,巡视是否有管涌。来回2.8公里的堤坝,一个小时需要巡一次,要查看水位线、水面上是否冒泡等。巡堤小组8小时一班,一班8个人,分为两个4人组,上堤坝时,需要带着卷尺、小红旗、记录本、铲子等工具。

认真做好每件事

7月8日,汪晗第一次上堤。

当三个同事穿着雨衣,从江边走到堤坝上时,汪晗看到,水位还在江滩月亮湾段的雕塑"镇江牛"的基座下面。由于下雨,视线不是很好,不仅难以观测水面冒泡的管涌,巡堤时还可能踩到下水道,巡堤之路风险重重。江滩上偶尔有带着孩子的老人,汪晗和同事们赶紧把他们劝走。作为社区工作者,她从安全角度劝告家长,防止出现意外。

一周后,汪晗再次上堤时,水位已经越过基座,淹没"镇江牛"字样。看到水面有一处正在冒小泡泡,汪晗和同事一起做好记录,插上小红旗注明。上报给消防部门后,水务局增派专人进行排查。

由于第一次参加防汛工作,巡堤过程中,汪晗一直在跟着两位参加过98年抗洪的同事学习,尽管对一些专业知识仍然不太了解,比如水面为什么会冒泡,冒泡会有怎样的危害,但汪晗知道,要认真做好巡堤的每件事。每次上堤,需要经历8小时的风吹日晒,汪晗尽管觉得身体劳累,但精神依然昂扬,"武汉人既然能把疫情都闯过去,还有什么是闯不过去的"?

防汛形势依然严峻

"上半年抗疫,下半年抗洪,这就是武汉人现在最真实的写照。"汪晗说。

上半年,作为社区的委员,汪晗一直在负责网格内的疫情排查,每天驱车十几公里来社区上班。封闭小区后,她每日用微信群与居民联系,对接附近超市,进行物资采购。

汪晗负责管理一个较老的小区,小区内没有电梯,也没有物业,且老人偏多。小区内有一些独居老人和高龄老人,不会使用移动支付,汪晗便上门询问他们所需的物资,购买物资后送货上门。

4月8日,武汉解封。很快,汛期又开始了。

6月29日,武汉启动城市排渍Ⅲ级应急响应和防汛Ⅳ级应急响应。据武汉市防办预计,7月16日长江汉口站水位将涨至29.2米,达历史第三高位。

武汉市气象局新闻发言人曾在新闻发布会上说,7月21日以后,长江、汉江上游仍将有较强降水,武汉防汛形势依然严峻。

微语录

"22年前,人民子弟兵救了我们。如今,该轮到我们站出来守护家园。"——汪晗

微评论

微信网友"阿加西%":长大后我就成了你。我也穿上军装,保家卫国。

微信网友"明天会更精彩":护卫我华夏,向最可爱的你们致敬。

微信网友"不是毛毛":保家卫国,传承这份信仰和美好,致敬最可爱的战士们。

"娃娃书记"戚允升

2017年7月，戚允升大学一毕业就来到江苏省淮安市小湾村，成为一名扶贫书记。他深知脱贫不是等着上门送小康，任职以来，他带领小湾村贫困人口三年内全部脱贫，村集体收入由不足3万增至22万元。今年疫情防控期间，戚允升坚守在农村疫情防控一线50多天，跟值守人员吃住在一起，在扎实有力的防控措施下，全村2400多人无一人感染。

1993年出生的戚允升，用行动赢得了村民对他这位"娃娃书记"的信任。"人要过平凡的生活，在平凡的生活里成就不平凡的人生梦。"

"90后"村书记戚允升："脱贫不是等着上门送小康"

中新网作者 黄洁 涂珊珊

"看到村容村貌变样了，贫困户不穷了、脱贫了……就觉得苦、累、难都是'浮云'。"90后村书记戚允升感慨道。近日，戚允升被江苏省委宣传部授予江苏"最美大学毕业生"荣誉称号。在他看来，扶贫要先扶志，"我不能让贫困户坐在家里晒太阳，等着上门送小康"。

1993年出生的戚允升，是江苏省淮安市小湾村党总支书记。2017年7月，戚允升成为小湾村的扶贫书记，小湾村是淮安市定经济薄弱村，全村共有村民2382人，建档立卡户80户。

回忆刚到村里报到的第一天，戚允升记忆深刻：村里道路到处坑坑洼洼；没有支柱性产业，村集体年收入不足3万元；贫困人口较多……"这书记和我家娃一样大。""这么年轻，能做好吗？"摆在他面前的难题，除了贫困的现状，还有来自村民的质疑。闻讯而来的村民看到扶贫书记如此年轻,不由得摇了摇头。

面对这些,戚允升暗下决心,要干出个样子来。"当我走到贫困户家里,看到了什么是真正的家徒四壁时,就想着一定要俯下身扎进村子,带领村民踏上脱贫道路。"

村民王旭红是戚允升的帮扶对象之一。王旭红以前是养鸡大户,2015年禽流感爆发,他养的上千只鸡死亡,赔了大钱,他又突发疾病,后脑留下了约10厘米的刀疤。那段时间,王旭红一蹶不振。戚允升便想办法帮他,起初申请了救助,可这只是杯水车薪。思考再三,戚允升鼓励他"重操旧业",并给他办贷款、做担保:"赚了归你,赔了归我。"

功夫不负有心人,王旭红成功了。2017年底,王旭红的养鸡场"孵"出了致富梦,对外签了长期收购协议,年收入翻倍。"能感受到书记是以真心相待。现在我们就像一家人,彼此尊重,书记逢年过节都会来看我们,帮着解决困难。"王旭红说。

王旭红的成功,更加坚定了戚允升"授人以渔"帮扶困难户,带动村民脱贫致富的信心。

2018年,戚允升结合村里土地资源优势,筹资创办"村官小七"家庭农场,开展稻虾综合种养等高效农业,同时当"红娘",解决贫困村民"闲得慌"的问题。三年来,农场累计发放土地流转承包金30万元,发放劳务报酬15万元,涉及土地流转的5户建档立卡贫困户提前脱贫。"最近我们在小湾村建设'超日标'富硒米种植,预计每亩还能再增加1500元收益。"戚允升说。

2019年4月,因连续两年脱贫考核优秀,戚允升被提拔担任小湾村党总支书记。入职不久,他偶然听见有人抱怨村里的健身广场没有路灯,他悄悄地记了下来,第三天晚上两盏路灯便亮起来。不到一年时间,小湾村集体经济收入成倍增长,从不足3万元增长至22.1万元,村民人均年收入突破1.2万元;全村80户259人去年年底全部脱贫。

此外,戚允升还致力于"沉睡资产"的盘活,600多平方米的农资超市、党群服务中心投入使用,解决了村集体无固定收益项目和村干部无处办公的难题;同时,改造后的居家养老服务中心,解决了贫困老人的供养问题。

去年,村集体首次向38户158个低收入人口发放扶贫收益41347元,先后有100多户低收入户、建档立卡户、特困户收到村集体的节日慰问。"村集体有了收入,就要让贫困户有收益,该发给贫困户的扶贫收益一分也不能少。"戚允升说。

微语录

"当我走到贫困户家里,看到了什么是真正的家徒四壁时,就想着一定要俯下身扎进村子,带领村民踏上脱贫道路。"——扶贫书记戚允升

微评论

　　微信网友"你微笑时很美"：这样有决心、有毅力，"90 后"村书记不简单。

　　微信网友"左拐再右拐"：扶贫先扶志，授人以鱼不如授人以渔，点赞！

"才下高考考场就上防汛'战场'"周亮宇

　　他叫周亮宇,今年 18 岁,是武汉市第十五中学的高三毕业生。早在 2016 年夏,周亮宇就见到父亲周燕钢主动报名且整天忙于防汛工作。今年武汉遭遇连续强降雨,7 月 5 日,武金堤启动群防上堤工作。周亮宇看到社区招募志愿者参与防汛的消息,在高考前 3 日就向社区"预约"上堤。

　　高考结束后,原本计划和同学出去旅行的周亮宇在 8 日晚接到上堤值守的通知,他当即决定延后毕业旅行,第二天一早就奔赴武金堤值守点报到,他用实际行动诠释着主动担负社会责任、守护家园的"后浪"力量。

才出高考考场又上防汛大堤,18 岁小伙驻守武金堤

长江网记者　陶可祎　通讯员　邓洲　涂琴

　　10 日下午,武金堤上艳阳高照,在张家湾街值守哨棚旁,一位瘦高个的年轻小伙正挥着铁锹装砂石,汗水打湿了他的后背。他叫周亮宇,家住洪山区张家湾街毛坦社区,是一名刚参加完高考的学生。

　　"让我去防汛一线。"不久前,周亮宇看到社区的一则抗洪防汛"志愿者招募令",他在高考前 3 天就向社区"预约"上堤。9 日,高考一结束,他便马不停蹄奔赴长江武金堤。

　　"心里一直想做的事终于实现了,父亲是我的榜样,我想像父亲一样守护好我们的城市。"周亮宇告诉记者,2016 年夏天,武汉汛情来袭,还是一名初中生的他,得知父亲冒着大雨去堤上抢险,就萌生了助父亲一臂之力的想法,但因为年龄太小被社区婉拒。今年刚满 18 周岁的周亮宇,对能够上堤防汛感到很激动。

　　据悉,周亮宇的父亲周燕钢是一名老党员。疫情防控期间,他在社区值守防控、运送物资,几个月没回家,连儿子周亮宇的 18 岁生日也没能赶上,但是周亮宇十分理解父亲,一直以父亲为荣。今年汛期,"父子兵"齐齐上阵,保家卫国。

连日暴雨导致长江水位上涨明显,武金堤防汛形势严峻。在周燕钢等老党员的带领下,周亮宇和其他青年志愿者实行 24 小时不间断拉网式排查,挥铁锹、装砂石、填路、勘守、一段段巡查管涌状况,一身黄土一身泥,一身雨水一身汗。

近两日气温升高,白天堤上烈日炎炎,这让复习备考期间一直待在空调房里的周亮宇有点不适应,"昨天一上堤就感觉一股热浪涌来,我们从下午 2 点开始巡堤,连续 8 个小时没怎么休息"。几趟下来,周亮宇的衣服全部汗湿了。

虽然守堤艰苦,周亮宇却从不喊累,"在这里我学到了不少防汛的新知识,队友们相处也很融洽,而且做这个事我觉得非常有意义"。周亮宇表示,自己将驻守大堤直到防汛结束,把这段经历当作送给自己的成人礼物。

微语录

　　"心里一直想做的事终于实现了,父亲是我的榜样,我想像父亲一样守护好我们的城市。"——周亮宇

微评论

　　微信网友"9232972960854":言传身教！这位武汉的小伙子不错。

　　微信网友"BJTBJT":高考完就去抗洪,18 岁的抗洪战士、人民英雄。

第一书记"夫妻档"陈彩霞、杨方华

2015年5月，怀着身孕的陈彩霞到贫困村任第一书记，她极力克服孕期不适，坚持走村串户，争取项目资金，改善基础设施，开展惠民活动，用最短的时间熟悉了农村，融入了基层。2017年，她的丈夫杨方华也加入了扶贫书记的行列。

驻村期间，他们建成光伏发电、百亩春见；发展庭院经济、种植药材、免费代销农产品；修公路、兴水利、建阵地，村容村貌不断提升；开展农民运动会、免费拍全家福、儿童五点钟课堂等各类惠民活动，群众幸福指数得到极大的提升。2020年8月，他们所驻村顺利通过国家普查验收。

为使命，他们失去过一些；为责任，他们一路坚定！扶贫路上"夫妻档"的事迹赢得了广泛赞许。2020年5月陈彩霞被四川省委、省政府授予全省优秀第一书记荣誉称号。

第一书记"夫妻档"心连心坚守贫困村

乐至县融媒体中心　韩菊芳

有这样一对夫妻，他们是战友，都是扶贫村的第一书记，都是当地"脱贫攻坚突出贡献奖"获得者……他们，是乐至县扶贫村第一书记陈彩霞、杨方华。

妇唱夫随，先后踏上扶贫路

陈彩霞，乐至县政协机关派驻孔雀乡八角庙村第一书记。杨方华——陈彩霞的丈夫，乐至县医保局派驻宝林镇龙形村第一书记。

　　2015年,陈彩霞作为乐至县首批选派的第一书记被下派到孔雀乡龙凤村。

　　当时陈彩霞怀孕4个月,她克服行动不便、妊娠反应等困难,坚持在村上摸民情村情,找致贫原因,帮助村民找路子、兴产业,争取早日脱贫致富。

　　"陈书记真是辛苦哟,这么热都还天天挺着大肚子下队。"龙凤村3组的蒋大姐看着陈彩霞每天都在村上走访,对这位城里来的女书记心生敬意。

　　"陈书记,我这季养的蚕卖了个好价钱,感谢你当初劝我养蚕哟。"陈彩霞经常会接到村民打来的感谢电话。

　　看着妻子每天拖着沉重的身子走村入户,一心扑在扶贫上,为村民办实事办好事,陈彩霞的丈夫杨方华心疼不已,同时他也被妻子的敬业精神深深感动。杨方华希望有一天也能够站在扶贫一线,像妻子一样,为脱贫出力献策。

　　2017年5月,杨方华主动申请到宝林镇龙形村担任了第一书记。同时,陈彩霞再次申请担任第一书记,被派驻到孔雀乡八角庙村。他们成了乐至县首个第一书记"夫妻档"。

你追我赶,夫妻"攀比"晒成绩

　　从成为第一书记那一刻起,"第一书记"的"第一"就深深地刻在陈彩霞夫妇心里——走村入户要第一,为民服务要第一,协调项目要第一,化解矛盾要第一。

　　驻村的第一件事就是摸清村情。2017年夏天,陈彩霞、杨方华夫妇放下年幼的儿女、年迈的父母,每天顶着烈日、冒着酷暑在各自扶贫村挨家挨户走访调查,边宣传政策,边收集情况,常常回到办公室已是深夜,浑身疲惫,但他们依然坚持核实原始资料、填写工作报表、完成工作日记。

　　"方华,我今天走访了10家贫困户,一队的张姐家的婆婆生病住院了。"

　　"彩霞,今天我虽然只走了5家贫困户,但我与一个返乡创业人士商定,准备在村里发展产业。我的工作也做得不赖吧。"

　　每天陈彩霞夫妇都会打一通电话,互晒成绩,比一比谁走访的贫困户多,致贫原因谁了解得更深入,发展产业谁的思路更多。

　　陈彩霞、杨方华夫妇在"攀比"之中,相互学习,把村民脱贫致富的事情时刻放在心上。

　　为了让村民的农产品变成实实在在的收入,陈彩霞、杨方华也暗中"较劲",比一比谁为村民卖的农产品多。

　　"方华,今天我帮村民卖了30个土鸡蛋、2只老母鸡,你呢?"陈彩霞每次帮村民卖了农产品,都会向丈夫"炫耀"一番。

　　"我这一周也不错哟。帮村民卖了50斤新米、20斤菜籽油嘞。"杨方华不甘示弱,也向妻子展示自己的"战果"。

每次回城,陈彩霞的车后备厢里,杨方华的电瓶车上都塞满了鸡、鸭、蛋、米、面、油。他们一一分拣后,再满城送货。

两年时间,陈彩霞从新手女司机变成了老师傅,杨方华则骑坏了三辆电瓶车,他们为群众销售了8万余元的农产品。

"杨书记经常给我帮忙,现在我都离不开他了。"龙形村5组的刘德珍经常请杨方华帮助卖鸡蛋、买肥料,对他感激不已。

"每次我们在晒成绩的时候,也会相互学习,看看自己哪里还做得不好,哪里还有提升的空间。"陈彩霞、杨方华把晒成绩当作激励彼此、不断进步的有效方法。

不畏辛劳,夫妻"比翼飞"

"彩霞,你们村两委干部管理守则不错,我借鉴一下嘛。"抓党建促脱贫是第一书记的首要任务。陈彩霞先完成了村两委干部管理守则的制定,杨方华在妻子的帮助下也抓紧落实了相关规章制度。夫妻俩以身作则,争做"领头羊",带头增强村班子的凝聚力、战斗力。

发展村集体经济,他们齐头并进。杨方华带领村干部发展春见种植产业,开大会、搞座谈、签合同、垦荒山、买苗子,日夜忙碌。功夫不负有心人,龙形村春见成活率达97%,群众增收指日可待。

陈彩霞忙着带领村两委扩大桑树种植、加强核桃管护、整改农贸市场、发展光伏产业,一样干得风生水起。

"看着村里的春见长势喜人,一切努力没有白费。""看到成片的桑园,蚕农增收的笑脸,一切辛苦烟消云散。"陈彩霞、杨方华看到村里的产业发展起来,满心欢喜。

杨方华多方协调争取,为村里新建了信号基站;陈彩霞争取项目组建队伍,办起了五点钟课堂。杨方华开通微信公众号、短信平台,政策宣传直达群众;陈彩霞召集社会爱心团体,各类公益活动竞相开展……

城乡儿童结对、留守老人慰问、暑期夏令营、农民运动会、包粽子、吃月饼、免费理发等一系列惠民活动在宝林镇龙形村、孔雀乡八角庙村不断展开,村民的文化生活越来越丰富,日子越过越滋润。

陈彩霞、杨方华夫妇被狗咬过、被人骂过、被误会过、被儿女埋怨过、被老人不理解过,但是看到老百姓脸上绽放着幸福的笑脸,他们觉得所有付出都是值得的。正如陈彩霞所说:"用我们俩的努力换来更多人的幸福,再苦再累也高兴。"

微语录

"我们都是从农村出来的,大学毕业参加工作后,对农村工作一直很关注,我们想回到农村,为老百姓做好事,服好务,发展好当地经济。"——第一书记"夫妻档"陈彩霞、杨方华

微评论

微信用户"七七八八":人民的好书记,我们会更好。

微信用户"小于":我们一定会打赢脱贫攻坚战。

"28年的绿色坚守"颜井武

颜井武老人今年88岁高龄,1953年初参军,同年5月赴朝鲜战场,成为一名志愿军战士,并于当年火线入党。1957年老人退伍后成为南云台林场一名普通工人,为搞好护林工作,全家吃住都在山头的石头房中。

1992年初,老人退休后,仍不肯下山,坚持每天义务巡山,即便刮风下雨也从未停下巡山的脚步。

今年疫情期间,他徒步走了3公里山路,将1000元捐款交给林场,是林场第一个捐款的人。他说:"我是党的人,现在国家有难,我就要为党分忧,钱虽然不多,这是我的一片心意。"

颜井武老人用28年义务巡山保护绿色的坚守,诠释了一位老党员、老军人的责任与担当。

从"军装绿"到"山林绿",八旬抗美援朝老兵28年 "执"守一方"绿水青山"

央广网记者　景明　通讯员　李耀华　周锦林　王三祥

秋天的江苏连云港南云台林场层林尽染,微风习习,南段的凌州分场更是美不胜收。穿行在林场新修的悟空大道上,人们不时会看到一位满头银发的老人在山路上巡逻。尽管年过八旬,但老人仍每天徒步巡山,他就是抗美援朝老兵、退休后仍坚持义务护林28年的颜井武。

退伍不褪色，用心浇灌"一抹绿"

颜井武 1933 年出生于江苏连云港南云台山凌州村附近的山坡上，那时的山头都归地主所有。老人记忆中的推磨山、二层山等基本都是荒山，怪石嶙峋的山头毫无美感可言。直到新中国成立前，历经战火的大山仍是光秃秃的一片，只有低矮的山坳里稀疏地长着茅草和小树。

"那时候山上石头大，风也大。小孩子捉迷藏，藏都藏不住。"回忆过去，老人笑了起来，"哪里像现在这样满眼都是大大小小的树啊。"

1953 年初，20 岁的颜井武响应党和国家号召积极参军。经过几个月的简短训练，当年 5 月他就赶赴朝鲜战场，成为一名光荣的志愿军战士。初入朝鲜，他和战友们一道负责前方指战员的后勤保障工作，由于工作认真负责，且不畏纷飞的战火，他当年就在朝鲜战场火线入党。在经受战场艰苦磨炼，历经九死一生后，颜井武成为抗美援朝战争后撤出的最后一批军人之一，并荣立三等战功。

"从朝鲜再回到家，才知道家乡有多么亲切。"山里长大的颜井武似乎命中注定与生他养他的大山有不解之缘。1957 年，退伍回乡的颜井武成为南云台林场的一名职工，植树造林成了他的第一要务。看着家乡光秃秃的山头，想起战士们不惜生命保卫的江山，颜井武发誓要尽自己所能，去建设祖国的大好河山，造福子孙后代。从此，他用一腔保家卫国的热血"浇灌"着大山上的每一颗树。

"那时候栽树都是大家一起干，每天猫着腰在山上挖坑。指头粗的小松树栽下了一棵又一棵，但光栽松树也不行，得要针阔混交才是好山林，后来小小的麻栗栽成了片，每人每年都要栽下几千棵，十几年下来就是每人栽了几万棵。"谈起当年种树，老人如数家珍、滔滔不绝。

放眼望去，当年的荒山乱岗，如今早已是绿意盎然的山林。林子越变越密，树木越长越高，山林不仅变成了鸟语花香的天堂，更成了城市的一道亮丽风景线。从 20 世纪90 年代开始，林场孔雀沟、东磊和渔湾等景区逐渐融入了大花果山景区，成为全国森林康养示范基地，真正让绿水青山变成了"金山银山"。

退休不退岗，义务护林 28 载

尽管年逾八旬，步行巡护在海拔 450 米以上的山头，颜井武依然精神矍铄，几乎看不出一丝疲态。"这么多年，都习惯了，这点山路算什么？"老人笑声爽朗地说，"以前年轻的时候，哪天不走个三四十里山路呀？护林一定要有足够的耐心。"

1992年初，颜井武退休，同时，也开启了义务巡山护林之路，即使刮风下雨也未停下脚步。老人义务巡山护林 28 个年头，每天要走八九公里的山路，总里程超过 8 万公里,相当于绕地球赤道两圈。

护林工作除了要有足够的耐心,还要有不惧威胁、与破坏山林的行为做斗争的决心。在老人巡山护林的前几年,附近总有村民偷偷上山砍树,每当老人发现蛛丝马迹,便会穷追不舍。一个初夏,老人在土城顶山头发现有人砍树,便立即前往制止,并紧追想要逃跑的偷树人。没想到追了二三十步后,偷树男子居然回头向老人挥起了斧头,但老人毫不畏惧,最终制止了男子的不法行为。

随着近年来附近景区开发步伐的加快,游客越来越多,老人巡山的步子也更勤了,他曾无数次制止游客采花摘果、进山野炊的行为。在老人心里,早已把每棵树都看成自己的孩子。每年冬春时节的护林防火一线,更少不了老人的身影。看到老人这么辛苦,林场领导多次有意额外给他护林补贴,但每次都被他婉言谢绝。

"国家有难,我要为党分忧"

除参加抗美援朝战争的几年外,颜井武一直不愿意离开大山,早年全家都吃住在山头的石头房中。后来,4 个孩子相继长大成人,分别下山走上各自的工作岗位。而老人出于对一片绿水青山的挚爱,放弃进城与子女同住享受天伦之乐的机会,始终坚守在巡山护林的道路上。

退伍不褪色,退休不退岗,颜井武用 28 年义务巡山护林的坚守,诠释了一位老党员、老兵的责任与担当。他的事迹也被人们广为传播。今年 9 月 3 日,国家森林和草原局公布了全国"最美护林员"名单,全国只有 22 人入选。颜井武光荣上榜,成为江苏省唯一获此殊荣的护林员。

2020 年初,新冠疫情席卷全国,党中央号召全国上下齐心协力,打赢疫情防控阻击战。"我是党员,要为疫情防控做点什么。"为此,88 岁的颜井武老人徒步走了 3 公里山路,将 1000 元捐款交到林场负责人手里。"我是党的人,现在国家有难,我要为党分忧,钱虽然不多,这是我的一片心意。"

"儿女们都挺有出息,有的在公安系统工作,有的在制药系统工作。但不论做什么工作,都一样是在为城市发展贡献力量。"老人边说边拿出一摞荣誉证书,证书上一枚枚鲜红的印章格外醒目,和他胳膊上每天佩戴的红袖章交相辉映,在青山绿水中熠熠生辉,默默地向人们诉说一位八旬抗美援朝老兵 28 年"执"守一方"绿水青山",建设美丽家园的不变初心。

微语录

"这么多年,都习惯了,这点山路算什么?以前年轻的时候,哪天不走个三四十里山

路呀？护林一定要有足够的耐心。"——义务护林28年的颜井武

微评论

微信网友"小草和大树"：绿水青山就是金山银山，老人的精神值得我们下一代学习。

微信网友"鱼儿"：28年的绿色坚守，敬佩。

"维权勇士"保文静

保文静是宁夏回族自治区妇联的一名公益律师。从 2005 年起,她为妇女、儿童、老人等弱势群体提供免费法律援助,助受家暴者摆脱苦海,帮孕期被解雇的妇女要回岗位,为被性侵的儿童伸张正义……3000 多人因此得以维护自身权益。

维权路上充满艰辛。半夜收到诅咒电话,出庭遭到对方辱骂,有人甚至以家人的性命相威胁……保文静镇定凛然:"我的战场在法庭。"

为提高更多人的法律意识,她配合妇联,进乡村、进机关、进高校,每年进行 150 余场普法讲座。她给老百姓以案释法,大家一听就懂。她参与修订的《宁夏回族自治区妇女权益保障条例》去年出台,"夫妻共同育儿假"等成为她宣讲的新内容。

"勇士"保文静:为贫弱者撑起一片天

新华社记者 马丽娟

她执业 15 年,为 3000 多人免费提供法律援助;她深入农村普法,只为追求公平正义;她受辱骂被威胁,却仍如勇士般维护贫弱者的合法权益。她叫保文静,是宁夏回族自治区一名普通的公益律师。

"不能再把他们往外推了"

今年春节过后,50 多岁的王英(化名)收到法院送来的第 11 封判决书,打了 9 年的官司终于彻底结束。

王英是个农村妇女,曾长期遭受家暴,在保文静的援助下起诉离婚。不料婚没离完,丈夫悄悄转移了房屋等夫妻共同财产,又以多种缘由起诉她,让她差点无家可归。而今,她终于离了婚,并分到了应得财产。

"如果没有你,我死的心都有了。"她在电话里对保文静说。

作为宁夏妇联的一名公益律师,从 2005 年起,保文静为妇女、儿童、老人等弱势群体提供免费法律援助:助受家暴者摆脱苦海,帮孕期被解雇的妇女要回岗位,为被性侵的儿童伸张正义……3000 多人因此得以维护自身权益。

王英是其中一位。她还记得,2012 年冬天,保文静带她四处搜集房产证据。由于年代久远且村子被拆迁,很多档案难以查找。身心俱疲之下,她想放弃,保文静却一直对她说:"你要相信法律。"回想保文静当年在风雪中奔波的身影,王英仍然很感动。

保文静手机 24 小时开机,多年来几乎没有周末,最忙的一周开庭 12 次。

"很多都是被逼到绝路的人,不能再把他们往外推了。"她说。

"我的战场在法庭"

成为公益律师前,保文静在企业做法务,处理经济纠纷案,薪资可观。转折发生在 2003 年,那年她目睹了一场家暴。

她去甘肃某市打官司,在法院门口,见到一名男子对前来起诉离婚的妻子拳打脚踢,周围很多人在看热闹。她去制止,有人阻拦:"人家两口子打架,你管得着吗?"

保文静一听火冒三丈:"如果被打的是你妹妹,你能忍?"她给被打女子一张名片:"需要帮助就找我。"在保文静的帮助下,这位女子的离婚案胜诉,保文静没收一分钱。

"法律告诉我们,每个人的人身权利都受到保护,为什么有人会觉得打老婆很正常?"她发现有很多人是因为维权意识淡薄,有的人是因为没钱打官司,所以在权益受损时选择了沉默。

她辞职后开了一家律师事务所,除了承接少许刑事和经济案件维持生计外,大部分时间做法律援助。"我的追求就是让来这里的人,从每个司法案件中感受到公平正义。"

维权路上充满艰辛。半夜收到诅咒电话,出庭遭到对方辱骂,有人甚至以家人的性命相威胁……对此,保文静镇定凛然:"我的战场在法庭。"

"女性首先要把自己养活住"

做了几年公益律师后,保文静感到,只解决个案问题远远不够,必须从根本上提高更多人的法律意识。

她配合妇联普及《中华人民共和国婚姻法》和《中华人民共和国反家庭暴力法》,进乡村、进机关、进高校,每年进行约 150 场讲座;她参与修订的《宁夏回族自治区妇女权益保障条例》去年出台,"夫妻共同育儿假"等成为她宣讲的新内容。

保文静最常去宁夏南部山区,培训妇联干部,给老百姓以案释法,深入浅出的宣讲,让大家一听就懂。

"只要保律师来,场场爆满。"固原市彭阳县罗洼乡的妇联干部伏亚妮说。过去农村妇女权益受损时,总是逆来顺受或采取极端行为,近几年,越来越多的妇女学会拿起法律武器维护自己的合法权益。

保文静了解到,很多农村受家暴妇女因为没收入,害怕失去生活来源,常常不敢报警或离婚。她在宣讲时鼓励农村妇女参加工作,解放自我。2017 年,她加入宁夏妇女手工制品协会,帮助更多农村妇女通过编织、刺绣等技艺,实现居家创业。

微语录

"女性要自立自强,首先要把自己养活住。"——维权律师保文静

微评论

微信用户"当当小叮当":维权律师致力于帮助农村女性,感谢她。

微信用户"明月照我心":令人骄傲自豪,伟大的女性。

"洪浪中的逆行者"张军

张军自 2005 年起就全职从事公益事业,今年年初,他奋战在抗疫一线,汛期又参与防汛抗洪,一直为家乡安徽奋斗。从环保领域到灾害救助领域,十五年如一日,他始终坚持点滴善行,他相信:"有行动,就会有改变。"

"洪浪中的逆行者" 张军

壹基金　姜程

2003年,他从安徽中医学院毕业,来到医院工作。"在医院,接触到的病人越来越多,在跟他们的沟通交流中,听到'污染'这个词的频率越来越高。"张军渐渐意识到问题的严重性。与此同时,他发现儿时的河流也变了,河流的生态环境日渐恶化。原先清澈见底的河流好像蒙上了一层灰,一时间,张军感觉"失去了很多童年时珍贵的东西",这个"80 后"的年轻小伙子决定"要做些什么来改善当地的环境状况",从此走上了漫漫公益路。

2005年他重点关注淮河流域水污染问题,2014 年他成立合肥市善水环境保护发展中心,中心成为合肥首家民政注册的本土环保组织。团队将"公众参与""资源整合""对话与合作的平台"作为机构发展的重要策略,开展"亲水""护水""治水"三个项目,通过调研、巡护、深挖来发现污染问题。

疫情防控期间,张军根据多年参与救灾的经验,快速判断接下来各行各业的"逆行者"将是最需要得到防疫保护的,防疫物资将是战略物资。于是他紧急成立抗疫临时小组,组建线上防疫抗疫小组,线上线下协调配合,通过立足社区、联防联控、掌握群众诉求、回应居民关切、发挥专业优势、关注特殊群体、提供危机干预、动员社会力量等方式,有序、有效地做好新冠肺炎疫情的社区防控工作。

防疫抗疫行动刚刚告一段落,7 月,安徽就遭遇了自 1954 年以来最大的区域性洪灾,张军开启了一线救灾工作,他主动联系各方物资,同时和机构救灾专员在各个受灾点现场参与救援、安置、物资发放工作。灾情紧急,他的电话铃声响个不行,各地的伙伴把当地灾情纷纷传递到张军手中。一个月的时间里,在安徽省应急管理厅、安徽省民政厅、合肥市民政局及壹基金的支持下,他共开通 23 条救灾专线指导救灾并发放救灾物资。

家住安徽省铜陵市大通镇河南咀的 74 岁老人胡万才,家里最主要的收入来自几亩田地,7 月的洪灾把庄稼给冲毁了,老人居住的砖瓦房也没有了,老人和老伴带着孙女住进了临时安置点。张军了解到安置点的情况后,联系各方资源,给和老人一样的老乡们送去了壹基金救灾温暖箱,里面有锅具、雨衣、毛巾、牙刷、硫黄皂、手电筒、防潮垫、毛毯等物资,可以满足过渡安置期家庭的基本生活需要。同时他还联系发放米、油、方便面、纯净水等,看着老乡们吃上热乎乎的米饭,喝上干净水,张军和他的伙伴们又赶赴下一个受灾点。

微语录

"不管是出于悲天悯人的情怀,还是责任使命的驱使,这都成了一种习惯,一种自然而然戒不掉的习惯。"——公益人张军

微评论

微信网友"YjjjjY":他在平凡的岗位上做着不平凡的事情,美好的蓝图终将成为现实。

微信网友"溜溜球":要实现自己的价值,就必须帮助和服务更多的人。

"灯火守护者"赵晓峰

扎根输电运检一线二十载,赵晓峰走过2万公里巡护之路,巡视杆塔1.5万多基,登塔检修5千多基,用如火青春守护着"万家灯火"。

为了抢进度,赵晓峰每天早上6点准时从工区出发,晚上11点才能返程,每天只能利用午饭时的片刻休息时间与女儿进行微信视频聊天。

严寒不惧,酷暑能抗,这样的工作他一干就是20年,踩烂的50余双胶鞋、磨透的上千副手套、扎破的20套工装见证了他的无悔付出,国庆保电,两会护航,冰雪除患,半夜抢修,哪里有急难重险任务,哪里就有他的身影。

"灯火守护者" 赵晓峰

新华网记者　吴广庆

赵晓峰是国网唐山供电公司输电运检中心检修一班班长,入职20年来,他穿山越岭,风餐露宿,日复一日,年复一年,行走在杆塔线路间,24小时待命抢修线路故障,用如火青春守护着"万家灯火"。这20年,他走过了约2万公里的巡护之路,巡视杆塔1.5万多基,登塔检修5千多基。因作风硬朗、业绩突出,他先后获得国网冀北电力有限公司安全生产先进个人、国网唐山供电公司先进工作者、优秀班组长等荣誉称号,他所带的班组也曾荣获全国质量信得过班组、国网冀北电力有限公司安全生产工作先进集体等荣誉,并多次在国网、冀北公司技能大赛上夺牌获奖。

敢于担当,善于作为,是赵晓峰攻克一个个艰难堡垒的秘诀。面对繁重而又艰巨的任务,他总是身先士卒,勇挑重担,任劳任怨。"师傅,快停下,你这个吊车离输电线路太近了,一不小心就会因对线安全距离不足导致放电,到时候可就是人身伤亡事故了,一定不要再施工了,一旦断电可就是大事了!"今年 5 月 23 日,在对 110 千伏洼东线巡护过程中,赵晓峰发现线下存在潜在外力施工破坏风险,他急忙跑到作业现场,耐心地对工作人员进行解释劝阻。经过积极协调,该项目负责人充分认识到了问题的严重性,保证在安全负责人的监管下施工。

"我是党员我先上。"哪里有急难险重的工作任务,哪里就会出现赵晓峰勇于亮旗、争当先锋的身影。今年 1 月 31 日,大年初七,唐山供电公司所辖 220 千伏姜兴二线架空地线出现断股,极有可能引发线路跳闸事故。为确保春节假期居民安全可靠用电,赵晓峰放弃与家人团聚的机会,迅速组织人员冒着严寒驱车前往隐患点,勘查抢修现场。作为一名有着丰富现场经验的电力人,他敏锐地察觉到缺陷的严重性,当机立断做出申请停电更换断股地线的决定,并连夜制定抢修方案,准备安全措施,历经数小时连续作战,圆满完成了更换地线这一工作量大、危险性高的抢修工作。

"没问题,我现在马上准备工具!"当天傍晚,完成抢修工作正准备回家陪女儿的赵晓峰接到电话,位于唐山市曹妃甸区的一处杆塔绝缘子出现了危急缺陷,需要紧急处理,他没有片刻迟疑,二话不说,穿上裹满泥浆的工作服,又向着另一个方向驶去。

今年 4 月,唐山市老城区有一条废旧线路严重影响市民出行及城市美观,根据上级要求,需要对该线路进行撤线处理。周期紧、任务重,他放弃所有节假日,每天披星戴月,定计划、拿方案,和同事们共甘苦,奔走于每一个作业现场。等到完工,他与之前相比全然换了一副模样,双手布满裂纹、又黑又瘦,可他看着线路杆塔撤下、道路恢复通畅,幸福感萦绕心间。

微语录

"我是党员我先上。"——"灯火守护者"赵晓峰

微评论

微信网友"荒唐荒唐凤凰堂":永远不要放弃做好人好事的权利和勇气。

微信网友"小豆子 zzzz":因为感动,所以感激! 因为感激,所以回报!

"补给线上运输人"渠胜华

渠胜华是一个在运输战线跑了十几年的老运输人,2020 年春节,在了解到武汉疫情严重,封城之下物资短缺的情况后,渠胜华没有犹豫,从大年初二开始,他连续 48 天和司机们一起开车,共为武汉运输各类抗疫物资 10 余趟,运送货物总计数百吨。

张家口小伙渠胜华 10 次进出武汉运送抗疫物资：
我要像军人一样冲上前线去战斗

燕都融媒体记者 张岩

我要像军人一样冲上前线去战斗

2020 年 3 月 28 日下午,记者通过电话联系上了正在按照张家口市桥西区防控疫情指挥部要求,进行定点隔离的渠胜华,电话里渠胜华说话铿锵有力,身体状态很好。

他告诉记者,春节的前几天,他从新闻里看到了疫情的有关情况,了解到了武汉封城的有关信息,得知封城之后,交通运输不便,武汉市内的很多生活物资及医疗物资都出现了短缺现象,这不仅影响了武汉市民的正常生活需求,也给抗击疫情带来了影响,"我自己是一个老运输人,我一定要站出来,为抗击疫情做点什么。"渠胜华暗下决心。

渠胜华说,自己小时候就有一个军人的梦想,一直就想去参军,但后来由于种种原因,这个梦想没有实现,成了长期压在他心底的遗憾。看到武汉封城之后,他就在想,我有货车,也有经验,这次,我一定要像军人一样站出来,为抗击疫情、支援武汉做出我自己的贡献,就当是圆了小时候的军人梦想吧。

他的想法得到了同是运输人的朋友张波的支持,两人合计之后,决定要为支援武汉抗击疫情,做出运输人应做的贡献。于是他们开始主动上网搜集信息,尤其是关于往武汉运送抗疫物资的相关信息。

第一趟为武汉运去了 30 多吨张家口坝上土豆

大年初一,张波从网上看到了有货主需求两辆货车,要从张家口市沽源县运送一批土豆到武汉,支援武汉的抗疫前线。经过联系,渠胜华和张波与货主达成了一致,由他们驾驶货车完成这趟运送任务。

渠胜华介绍说,当时由于疫情防控,交通运输不便,网上有不少需求货车的信息,有的给的运费还比平常要高出许多,但不能去挣那些钱。这个运土豆的货主表示,武汉市内的蔬菜供应短缺,土豆比较耐储存,张家口坝上的土豆品质也很好,所以就从坝上采购了这批土豆,但没有货车运到武汉,这个问题让货主很是为难。

"一定要尽快将家乡的特产土豆运到武汉,一定要让武汉市民尽早吃上我们张家口的土豆。"检修完货车之后,渠胜华带着妻子给准备的够吃两三天的家乡特产莜面,和张波驾驶货车出发了,大年初二一大早就赶到了沽源装运土豆。出发前,渠胜华在货车前挂上了"援助武汉 武汉加油"的横幅,并在车上竖起了一面鲜艳的五星红旗。

装完土豆之后,渠胜华他们马不停蹄立即出发,十几个小时之后,顺利赶到了武汉,将这几十吨张家口坝上土豆安全运送到目的地。"看着我们张家口的土豆顺利运到,进入了武汉的蔬菜市场,最终将摆上武汉市民和支援武汉医疗队员的餐桌上,我们感到很自豪,感觉运送土豆的辛苦瞬间没有了,有的只是安慰和骄傲。"渠胜华对第一次到武汉运完物资之后当时的心情记得很清楚。

48 天,连续 10 次进出武汉 运送数百吨抗疫物资!

渠胜华说,货车司机其实是很辛苦的职业,也不算体面,只是挣一份养家糊口的辛苦钱罢了。但是,这次驰援武汉,让我们货车司机感觉到了自豪和骄傲。

说实话,第一次去武汉,渠胜华心里也有点忐忑,不知道会遭遇什么意想不到的情况,妻子也很担心。可是,自从装上土豆之后,渠胜华他们一路上从张家口来到武汉,沿途看到不少志同道合的运输人也一起驰援武汉,路上遇到的陌生市民都给他们鼓掌,为他们竖大拇指点赞,交警也给他们敬礼,热情为他们提供指路引导等相关服务,这一切,让他们打消了心中的不安和担心,让他们内心充满了自豪和骄傲,也充满了信心和力量。

疫情不退,运输人就不退!于是,卸完了土豆,渠胜华和张波又联系上湖北咸宁的菜农,他们正在发愁怎么将已经签好合同的青菜运到内蒙古二连浩特,如果这几天运不过去的话,这些菜就得烂在地里。于是,渠胜华他们驾驶货车赶到咸宁菜农的地头,装上青菜,赶赴 2000 多公里以外的二连浩特。

两天之后,这批青菜成功运到了二连浩特。还没有返回张家口,渠胜华又从网上的货运平台得知,清华大学一个校友会为武汉第一医院捐送了一批矿泉水、口罩、药品等抗疫物资,苦于没有运输车辆,正在发愁如何运送到武汉第一医院呢。

2月9日,走在二连浩特的返程路上,渠胜华就和清华校友会及武汉第一医院的物资接收联系人宋主任取得了联系,接下了这个重任。为了给别人少添麻烦,他在进北京之前就停靠了货车,在车上熬过了一夜,天亮才进京去装载这批捐赠的物资。

2月11日,渠胜华驾驶着满载清华大学校友会捐赠的21吨矿泉水的大卡车,赶到了武汉第一医院,顺利对接上了接收联系人宋主任,完成了运送任务。

随后,渠胜华又赶到了湖北潜江,为这里运送大米。运完大米之后,得知家乡张家口市万全区为武汉捐赠了一批矿泉水、粘玉米等抗疫物资,正在征招运输车辆,他又放空卡车直接从武汉返回张家口,和与自己一起经营货车运输的合伙人杨占成一起驾驶货车,装上了家乡捐赠的矿泉水、万全粘玉米等抗疫物资,马不停蹄地奔向武汉。

直到3月16日返回张家口之前,渠胜华已经连续10次进出武汉,加上他的车队的另外3辆货车和司机刘有军、赵建亮、孙玉刚一起,共为武汉运输各类抗疫物资14趟,货物总计数百吨.他们是普通人,用一个普通运输人的身躯,做出了不普通的人民英雄的贡献。

驰援武汉行动中还抽空捐钱捐家乡特产粘玉米

采访中,记者了解到,40多天来,渠胜华一直奔波在为武汉运送抗疫物资的道路上。以前,他的车队常跑的重庆、成都许多新老客户不停地联系他,要他往成都、重庆运送货物,并且运费比以前要高出不少。面对经济利益,渠胜华没有心动,他向那些老客户致歉:对不起了,不能接你们单子了,武汉更需要我们,虽然不挣钱,但我们不能退缩。

渠胜华告诉记者,40多天来推掉的单子,都是运费比较高的,差不多加起来得有20多万,除去成本也能有很大一笔利润。但挣钱不是最重要的,虽然他们没有挣到钱,但他们一直战斗在抗疫一线,为武汉送去急需的各种抗疫物资,他们觉得这是最值得的。

不仅没有挣到钱,渠胜华还多次自掏腰包为抗疫捐款捐物。第一次在武汉白沙洲农贸市场等待卸载土豆的时候,遇到了韩红基金会正在募捐,他毫不犹豫地捐了2000元.第二次去武汉的时候,他又自掏腰包购买了100多箱家乡张家口的粘玉米,到了武汉之后直接捐给了一线的抗疫队伍. 为武汉第一医院运送完校友会捐助的抗疫物资之后,他被医院的医务人员感动,离开之后,用微信转账1600元给宋主任,表示要给医院的抗疫医护人员捐款,虽然宋主任最后婉拒,但宋主任被这个普通的货车司机感动,将此事发到了自己的朋友圈,记录了这份大爱。渠胜华从"卡友"朋友圈看到,有同行田师傅的货车轮胎爆了,没有备胎,被困在武汉蔡甸服务区,他立即驾驶货车赶到服务区,将自己的备胎给田师傅换上。

我只是做了应该做的事　期待尽快战胜疫情

3月16日,已经驰援武汉40多天的渠胜华了解到,武汉的物资短缺情况已经大大缓解,并且本地货车出示健康码和相关证件,也可以运输抗疫物资了,在服务区又等待了两天之后,没有看到紧急寻找货车的信息,渠胜华松了一口气,决定返回张家口休整。

16日下午,渠胜华回到了张家口,并按照规定上报有关部门。他将货车停在了停车场之后,立即乘坐救护车前去定点隔离酒店进行隔离。

目前,渠胜华正在隔离中,身体状况良好,再有两天时间,他就可以解除隔离顺利回家,见到久别的妻子和孩子。

"我只是做了一个普通运输人应该做的事。我最希望尽快战胜疫情,让我们都恢复正常的生活,正常上班、正常上学,和家人们在一起。"渠胜华在电话里告诉了记者他心里的愿望。

微语录

"在我感觉自己快熬不下去的时候,我就会看一看我车上挂的那面五星红旗,是它支撑着我走到现在。"——渠胜华

微评论

微信网友"果呀":疫情面前,他们也是普通人,他们身上也有夫妻、父母、子女这样的标签,但他们选择了无畏逆行。

微信网友"晨戈":看到一个又一个的逆行者赶往武汉,心里暖暖的。看到了中国力量! 用心体会到民族团结,万众一心的情意。

微信网友"未闻":在国家危难时刻,总是有人替我们负重前行。感谢他们,向他们致敬!

"戈壁古城守护者"李崇仁

　　守得住清贫、耐得住寂寞,这是对景泰县永泰古城文保员李崇仁的最好诠释。

　　李崇仁潜心研究探索永泰古城历史很多年了,近年来,随着景泰县文化旅游事业的发展,永泰古城游客逐渐增多,为了传承推介永泰古城厚重的历史文化,县文广旅局聘请李崇仁为"永泰古城义务讲解员"。尽管每年只能拿到很少的补助,但他兢兢业业、乐在其中。为了方便工作,他长期居住在古城,随时接待国内外游客。通过这些年的研究和讲解,李崇仁整理了一些有关古城历史文化的资料,省吃俭用购买了电脑和打印机等设备,虚心向别人请教电脑知识,整理永泰古城历史文化、名人逸事、戏曲文学等资料,并撰写了数百万字的文字材料。他还自费2万多元,在自己家办了一个家庭图片展览馆,通过展览和讲解的方式,极大地提高了游客的游览兴趣。

白银永泰古城:西北戈壁上的军事古堡

中国甘肃网记者　杨瑞

探寻古城渊源

　　"南城门上是药祖阁,北瓮城上是真武阁。东边是文魁阁,西边是财神阁……"文保员李崇仁一边说一边用石子快速地在地上画出了永泰古城的方位图。李崇仁是当年明朝兵户的后代,他的家族在永泰城居住的时间跟这座城一样久,说起古城建筑李崇仁如数家珍。

　　永泰古城位于景泰县境内,修筑于明万历三十六年(公元1608年),距今已有400

多年历史。明清两朝,这里曾经是一座显赫的军事要塞。

永泰古城又称"永泰龟城",叫"龟城"绝不是徒有虚名,从高处俯视,整座城状若一只巨龟伏在戈壁滩上,惟妙惟肖。

古城见证昔日金戈铁马

永泰古城中很多瓮城和护城河,以及烽火台,堪称古代军事寨堡教科书,防御功能一级。古城唯一的出入通道南城门,外门名为"永宁门",内门名为"永泰门"。寓意"永绝虏念,康泰安宁"。李崇仁说古城街巷大多是丁字路口,通而不透,一旦有敌军攻入城中,可以大大拖慢其脚步,掩护己方进行巷战。

整座城池,周长约 1.7 公里,墙高 12 米,炮台 12 座,城楼 4 座,外形是一个大圆,城周有护城河。古城四面有 4 个瓮城,形似龟的肩足,保存尚好,只是瓮城上的建筑已不存在了。

目前古城内瓮城、炮台、城楼等军事设施部分尚存,除了有些城墙被村民拆落外,还保存着大部分城墙、城门,城内还保留着一所建于民国时期的小学——永泰小学,永泰小学系中西结合的哥特式建筑,是目前全国保留完好的民国时期三所小学城校之一,是中国近代初级教育的重要见证。李崇仁曾在这里当校长,随着人口的搬迁,学生逐渐减少,2014 年这座新式小学不再办学。

就是这样的一座城,在明清两代构筑了一道完备的军事屏障和防御工事。大名鼎鼎的岳家军的后裔、清代名将岳钟琪也曾把守此地。据《永泰城记》记载,在清雍正帝时期,陕甘总督岳钟琪建议在城内凿五眼井,以补"龟城"之五脏,并在北城角设一大池,叫"甘露池",以补"龟城"地脉,增添"龟城"之灵气。

护好古城添生机

这里因战争而兴起,又因政治经济自然环境的改变而衰落。

李崇仁说,在永泰小学最后的日子里,全校只有 3 名学生,由两位老教师授课。生源锐减的背后是古城人口的锐减。永泰古城在其作为军事要塞时,城内驻有士兵 2000多人,马队 500 人,20 世纪 50 年代这里还是有着 1000 多人口的大村。近几十年来,由于干旱少雨、土地沙化、盐渍化等原因,生活在城里的居民陆续搬迁离去。李崇仁说,现在全村只有 20 户村民,大多是些不愿搬走的老人。

2006 年,永泰古城被国务院批准列为全国重点文物保护单位,"龟城"的保护逐渐开始。2013 年 1 月,敦煌研究院、兰州大学文物保护研究中心联合编制完成了《永泰城址墙体抢险加固工程设计方案》。

　　2014年9月和2015年7月该项目一、二期工程分别开始施工,工程内容以完善本体加固,以夯筑、土坯砌筑、锚杆锚固、冲沟整治、墙基和墙顶排水为主,运用裂隙注浆和表面防风化措施加固不稳定的墙体。随着永泰城址墙体抢险加固工程的完工,被称为中国古代军事要塞典范的永泰古城"转危为安"。

　　除墙体抢险加固工程之外,从2015年开始,永泰古城还完成了防洪工程、永泰学校建筑群修缮工程、永泰城址文化和自然遗产保护工程等项目,为文物保护和进一步的旅游开发打下基础。

　　近年来,永泰古城吸引了大量游客前来访古、探险和考察,《天下粮仓》《神话》《花木兰》《最后一个冬日》《美丽的大脚》《雪花那个飘》《西部热土》《汗血宝马》《决战刹马镇》等多部影视作品也在这里成功拍摄,永泰古城的知名度和美誉度得到了进一步提升。

微语录

　　"我是守城参将李氏一族的后人,即使永泰城已经不复往日的繁华景象,但我依旧要坚守在这里,祖辈能把这里建设起来,我也能够做到。"——文保员李崇仁

微评论

　　微信网友"东成西就":祖国的大西北是我们的珍宝,藏着数不尽的文化财富,有这样的文保员在为我们默默守护,感谢他。

　　微信网友"白杨林":保卫我们的土地,保卫我们的家园,守护古城就是守护中国文化。

声　明

　　本书由新华网、新华社"中国网事"联合编著,因时间紧迫,一些稿件和图片的作者未能取得联系,敬请入选文字和图片作品的作者或作者亲属见到本书后,尽快和我们联系,以便奉上稿酬及样书。

联　系　人:新华网股份有限公司
通讯地址:北京市西城区长椿街金隅大厦 129 号 5 层